Tucholsky Wagner Zola Scott Sydow Freud Schlegel
Turgenev Wallace Fonatne Walther von der Vogelweide Fouqué Friedrich II. von Preußen
Twain Weber Freiligrath Kant Ernst Frey
Fechner Fichte Weiße Rose von Fallersleben Richthofen Frommel
Engels Fielding Hölderlin Eichendorff Tacitus Dumas
Fehrs Faber Flaubert Eliasberg Ebner Eschenbach
Feuerbach Maximilian I. von Habsburg Fock Eliot Zweig Vergil
Ewald Goethe Elisabeth von Österreich London
Mendelssohn Balzac Shakespeare Dostojewski Ganghofer
Trackl Lichtenberg Rathenau Doyle Gjellerup
Stevenson Hambruch Droste-Hülshoff
Mommsen Thoma Tolstoi Lenz Hanrieder
Dach Verne von Arnim Hägele Hauff Humboldt
Karrillon Reuter Rousseau Hagen Hauptmann Gautier
Garschin Defoe Hebbel Baudelaire
Damaschke Descartes Hegel Kussmaul Herder
Wolfram von Eschenbach Dickens Schopenhauer Rilke George
Bronner Darwin Melville Grimm Jerome Bebel Proust
Campe Horváth Aristoteles Voltaire Federer Herodot
Bismarck Vigny Barlach Heine
Gengenbach Tersteegen Grillparzer Georgy
Storm Casanova Gilm
Chamberlain Lessing Langbein Gryphius
Brentano Lafontaine
Strachwitz Claudius Schiller Kralik Iffland Sokrates
Katharina II. von Rußland Bellamy Schilling
Gerstäcker Raabe Gibbon Tschechow
Löns Hesse Hoffmann Gogol Wilde Gleim Vulpius
Luther Heym Hofmannsthal Morgenstern
Roth Klee Hölty Goedicke
Heyse Klopstock Kleist
Luxemburg Puschkin Homer Mörike Musil
La Roche Horaz
Machiavelli Kierkegaard Kraft Kraus
Navarra Aurel Musset Moltke
Nestroy Marie de France Lamprecht Kind Kirchhoff Hugo
Laotse Ipsen Liebknecht
Nietzsche Nansen Ringelnatz
Marx Lassalle Gorki Klett Leibniz
von Ossietzky May vom Stein Lawrence Irving
Petalozzi Knigge
Platon Kafka
Sachs Pückler Michelangelo Kock
Poe Liebermann
de Sade Praetorius Mistral Zetkin Korolenko

Der Verlag tredition aus Hamburg veröffentlicht in der Reihe **TREDITION CLASSICS**
Werke aus mehr als zwei Jahrtausenden. Diese waren zu einem Großteil vergriffen
oder nur noch antiquarisch erhältlich.

Symbolfigur für **TREDITION CLASSICS** ist Johannes Gutenberg (1400 — 1468),
der Erfinder des Buchdrucks mit Metalllettern und der Druckerpresse.

Mit der Buchreihe **TREDITION CLASSICS** verfolgt tredition das Ziel, tausende
Klassiker der Weltliteratur verschiedener Sprachen wieder als gedruckte Bücher
aufzulegen – und das weltweit!

Die Buchreihe dient zur Bewahrung der Literatur und Förderung der Kultur.
Sie trägt so dazu bei, dass viele tausend Werke nicht in Vergessenheit geraten.

Die Schlangendame

Otto Julius Bierbaum

Impressum

Autor: Otto Julius Bierbaum
Umschlagkonzept: toepferschumann, Berlin

Verlag: tredition GmbH, Hamburg
ISBN: 978-3-8424-6790-3
Printed in Germany

Otto Julius Bierbaum

Die Schlangendame

Humoreske

Erstes Kapitel

Er hatte nie den Ehrgeiz besessen ein Gelehrter zu sein

Als Herr Ewald Brock eben sein zweiundzwanzigstes Lebensjahr erfüllt hatte, gelang es ihm, zu seinem eigenen und aller seiner Bekannten Erstaunen, die Abiturientenprüfung zu bestehen. Es geschah an einem Gymnasium des äußersten Pommern und nicht mit Auszeichnung, sondern mit Ach und Krach und Note 3. Indessen, er hatte nie den Ehrgeiz besessen, ein Gelehrter zu werden, sondern es kam ihm fürs Erste nur darauf an, daß man ihm von Staatswegen die Erlaubnis zur Führung des Prädikates Student erteilte. Dieses Ziel hatte den dunklen Mühsäligkeiten seiner an zahlreichen humanistischen Bildungsanstalten des Vaterlandes durchmessenen Gymnasiastenlaufbahn den einzigen Glanz verliehen, und wenn ihn Horaz und Homer mit allen Ödigkeiten der lateinischen und griechischen Syntax drangsalten, wenn die üble Einrichtung der Mathematikstunden sein Dasein belästigte, so fühlte er sich in dem Gedanken aufgerichtet, daß eine Zeit kommen werde, bestimmt, allen diesen überflüssigen Molestierungen ein Ende zu bereiten, eine Zeit, in der Homer, Horaz und die Logarithmentafeln zu lächerlichen Schemen für ihn werden würden, auf dessen Visitenkarte die Abbreviaturen stud. med. und ein kunstreich verschlungener Zirkel stehen sollte, wie er den Korpsstudenten aus der miserablen Masse der unbemützten Streber emporhebt.

Als ihm daher aus dem Munde des Examenkommissars die Kunde geworden war, daß er mit Note 3 die Reifeprüfung bestanden habe, eilte er, noch in Prüfungsfrack und weißer Binde, auf das Telegraphenamt und sandte seinem Vater, dem würdigen Professor der Weltgeschichte an der Universität Halle, ein Telegramm, das kein anderes Wort enthielt als: Durch! Dann ging er ruhigen aber heiteren Geistes in das Gasthaus zum Schwarzen Adler, wo ein Mädchen namens Camilla das Amt einer Kellnerin bekleidete. Dieses Mädchen war groß, blond, nett, von ausgiebiger Busenfülle und zutraulichem Gemüte. Deshalb liebte es Herr Ewald Brock.

Für Gymnasiasten war Camilla verboten, weil es der Schwarze Adler auch war, und Herr Ewald Brock hatte es deshalb bisher nur wagen dürfen, spät abends und durch eine Hintertür den Ort seiner liebsten Zerstreuungen zu besuchen. Heute ging er ostentativ am hellen Tage durch das Vorderthor ein, begab sich auch nicht in die Kutscherstube, die er aus Gründen scheuer Vorsicht sonst zu frequentieren pflegte, sondern er setzte sich mit kühner Gelassenheit in die offizielle Gaststube zu den Honoratioren der Ackerbürgerschaft und nahm dort in aller Öffentlichkeit die Glückwünsche Camillas entgegen, die ihn heute mit einem Beitone von zärtlichem Stolze Mei gescheides Luderchen nannte. Denn sie war aus Sachsen.

Ich erachte es für unnötig, zu betonen, daß sich Herr Ewald Brock an diesem Abend nicht wie ein Wüstenheiliger benahm und Abscheu gegen spirituose Getränke an den Tag legte. Er betrank sich vielmehr mit einer gewissen planmäßigen und unerschrockenen Zielsicherheit. Erwähnt zu werden verdient aber, weil es einen schätzbaren Einblick ins Herrn Brocks Psyche gewährt, daß er dies, der Feier des Tages zu Ehren, nicht in Bier, sondern in einer absonderlichen Sorte Rotwein that, die sich von gewöhnlichen Rotweinmarken außer durch einen gewissen vitriolischen Geschmack darin unterschied, daß sie von Aussehen eher blau als rot zu nennen war. Diese koloristische Eigentümlichkeit vermochte es indessen nicht, Herrn Ewald Brock auch nur leise zu irritieren. Ihm war jeder Rausch gleich willkommen, ob es nun ein blauer oder ein roter war. Er hätte selbst gesprenkelte Räusche mit heiterm Gleichmut, ja mit Wohlgefallen und Dankbarkeit, hingenommen.

Als er nach Hause kam, hochgemut und trällernd, fand er auf seinem Tische ein Telegramm aus Halle vor. Der Alte ist doch ein braver Knabe, dachte er sich gerührt. Siehe, schon drahtet er Draht!

Als er aber das Telegramm aufgemacht hatte, las er die Worte: »Was soll das heißen. Bist du wieder durchgefallen oder endlich durchgekommen? Sofort Drahtantwort.« Dieser Mangel an Vertrauen kränkte Herrn Ewald Brock sehr. Er schritt ärgerlich in seinem Zimmer auf und ab und meditierte: Da hat man dem Alten nun den Gefallen gethan, hat sich, weiß Gott, geschunden wie ein Ochs, gebüffelt wie ein Pferd, und was thut er? Er macht Einem telegraphische Grobheiten dafür. Hätte mich schön gehütet, zu telegraphieren, wenn ich durchgefallen wäre. So was!

Auf einmal verwirrte sich was in seinem Gehirn. Es war ihm, als wenn sich eine molkige Masse zusammenballte, etwas ganz unbeschreiblich Scheußliches. Himmel! Am Ende bin ich wirklich durchgefallen und hab mir in der Besäuftheit das andre bloß eingebildet? Herrgottsdonner ... aber ja, natürlich! Es kann ja gar nicht anders ....

Der Angstschweiß trat ihm auf die Stirn, seine Augen glotzten ratlos durch die Fenster in die Nacht, und es kam ihm der Gedanke, daß er morgen die Schule verschlafen würde.

Aber wie er voll grimmiger Verzweiflung seine Hände in die Hosentaschen bohrte, da fühlte er in der rechten etwas knisterndes, und sogleich hellte sich sein Gesicht stupide fröhlich auf. Er ergriff das Knisternde und zog es heraus. Na ja, da stand sie schwarz auf weiß und ganz nüchtern, die staatliche Bestätigung seiner wissenschaftlichen Reife. Über alle Zweifel erhaben und unter Ausschluß jedes Betrunkenheitsverdachtes stand es kalligraphisch da, und Herr Ewald Brock las es mit kosenden Augen. Donnerwetter ja, er fühlte sich in diesem Augenblicke sogar von einem gewissen Hochgefühle offizieller Gelehrsamkeit erfüllt, und er fand, daß er in der That nicht unbeträchtliche Schätze seltenen Wissens in sich aufgespeichert trage. Massen einfach, Säcke, zum Bersten voll, geschwollene Schläuche voll edeln Weines. Das Entzücken überwältigte ihn und gab seiner Phantasie eine gewisse breit ausladende Kraft. Wie ein Magazin kam er sich vor, oder wie ein schwerer, schwankender Heuwagen. Aus diesem Grunde empörte es ihn etwas, daß er das wichtige Dokument, das alles dies bescheinigte, so respektlos zerknittert und mit blauroten Flecken unanmutig verziert in der Hosentasche herumgetragen hatte, und er nahm sich vor, mit derlei feierlichen und bedeutsamen Schriftstücken künftig pietätvoller umzugehen.

Im übrigen war er sehr müde. Donnerwetter: schon halb zwölf Uhr! Ganz Pommern schlief, und er durchgrübelte die Nacht! Also denn ins Bett gethan den gelehrten Leib! Oh Camilla! Puah! Was das Mädchen für Beine hat! Beine! Zumal oben 'rum.

Herr Ewald Brock hatte schon seinen rechten Stiefel ausgezogen und mit einem kraftvollen Schwunge, der Übung verriet, von der Spitze der Zehen gegen die Kleiderschrankthüre geschleudert, da überfiel ihn weiß Gott schon wieder ein Gedanke: Der Alte will ja Drahtantwort!

Es blieb Herrn Ewald Brock nichts anderes übrig, er mußte wiederum meditieren. Welch ein unglaublichere Tag! Dies nefastus cerebralis. Und dabei dieser Schädel! Ihm schien, er müsse birnenförmig sein und oben einen Stiel haben. Oh Camilla!

Ein alter Weltweiser aber hat gesagt, daß die Biene selbst aus bitteren Pflanzen Honig sauge. Herr Ewald Brock, obschon er keine Biene war, bewährte die Wahrheit dieser Sentenz. Er saugte aus der bitteren Notwendigkeit, morgen sehr früh aufstehen zu müssen, die erleuchtete und kandierte Idee, daß es das Beste sei, wenn er sich nicht hier, in seiner menschenleeren Wohnung, sondern drüben im Schwarzen Adler zu Bette legte. Denn dort war er sicher, früh geweckt zu werden, maßen Camilla pünktlich um sieben Uhr aufstehen mußte.

Trällernd, wie er in sie eingetreten war, verließ Herr Ewald Brock seine Wohnung.

2. Kapitel

Es wäre mir ein schmerzlicher Gedanke, wenn ich annehmen müßte, daß im fröhlichen Gewimmel meiner Leserschaft irgendwelche Voreingenommenheit gegen Herrn Ewald Brock bestünde. Oh ja: Er könnte strengeren Anschauungen in allerlei Punkten huldigen. Er könnte mehr Gesetztheit zeigen und standhafter gegen die Lockungen der Welt sein. Er könnte mehr Prinzipien haben. Kurz: Er könnte Ihnen, verehrter Leser, und Ihnen, teure Leserin, ähnlicher sein.

Aber: Haben Sie schon einmal junge Stiere gesehen, die nach überstandenem Winter aus dem Stall auf die Weide gelassen werden? Himmel, was für einen hufschlenkernden Galopp vollführen diese Burschen! Wie heben und senken sie die Hörner! Mit was für herausfordernden, tumultuarischen Augen sehen sie den blauen Himmel und die grüne Wiese und die roten Kühe an! Und ihr Gebrüll gar! Sie können's zwar noch nicht so donnertönig voll wie die alten schnauzwütigen Stierseniooren, aber sie thun es mit viel mehr Schwung, Hingabe und Leidenschaft.

Nun wohl: In ähnlicher Lage benahm sich Herr Ewald Brock ähnlich.

Einstweilen, im väterlichen Halle, mußte er seinen Freiheitsgefühlen freilich noch einigen Zwang anthun. Da war der salbungsvolle Herr Vater mit ernsten Reden, da war die gelindere Frau Mama mit sänftlich guten Lehren, da waren die sittigen Schwestern mit still eckigen Geberden. Wehe, wenn er hier losgaloppiert wäre!

Also benahm er sich nach Kräften wohlanständig, trug einen langen schwarzen Rock, ein kleines schwarzes Hütchen, bescheidene Klappkragen, ein dünnes kümmerliches Shlipslein, hatte sein Haupthaar rechts gescheitelt, seine Augen bescheidentlich gesenkt und seine Zunge in gutem Zaume. Trank auch nicht zuviel Berauschendes und mied bedenkliche Lokale. Dafür zeigte er sich ernsten Antlitzes allen Ermahnungen recht zugänglich, kaufte sich viele medizinische Bücher und ein Mikroskop, ging sogar einmal in ein Kirchenkonzert. Kurz, er benahm sich so brav, daß es den guten Eltern kein Wagnis schien, ihn aus der häuslichen Hut nach Würzburg zu entlassen, wo auch Brock senior einsten studiert hatte.

3. Kapitel

Ein aufdringliches thörichtes infames, ein überflüssiges Fremdwort.

In Würzburg sehen wir Herrn Ewald Brock in veränderter Gestalt.

Er hat eine rote Mütze und einen goldenen Zwicker auf; er trägt einen verwegen gelben Anzug mit einem verschmitzt kurzen Jackett, und seine Cravatte ist eine Fanfare aus grüner, gesprenkelter Seide. Sein Haar ist mit kernhaft ausgeprägtem Sinne für Konsequenz von der Stirn zum Nackenknochen wie nach der Schnur geteilt, und so glänzend ist es pomadisiert, daß man sich darin spiegeln könnte. In seinen Händen aber, dunkelrot in das geschmeidige Leder des Mopshundes gehüllt, dreht sich ein Spazierstock von erstaunlicher Dicke.

Es ist kein Wunder, daß ein Fuchs, der sich so vorzüglich anläßt, ein hervorragender Korpsbursche wird.

Herr Ewald Brock wird der Stolz seines Korps. Seine Gestalt gewinnt sichtlich an Embonpoint, sein Gesicht nimmt zu an Quarten und Terzen, sein Gang wird wuchtig und selbstbewußt. Wenn er einen Salamander kommandiert, so werden die Füchse wie mit Begeisterung geladen, wenn er auf der Mensur steht, so wissen die Paukärzte, daß es einen Knochensplitterregen geben wird, wenn er als Chargierter in der Equipage fährt, so ist es den Mädeln, sie wissen nicht wie, aber unangenehm ist es ihnen nicht.

Die Mädel! Das ist nun eigentlich ein wunder Punkt in Herrn Ewald Brocks Korpskarriere. Ein richtiger Korpsstudent, wie man weiß, sollte das weibliche Geschlecht der Öffentlichkeit gegenüber als quantité négligeable behandeln und sich hierin, wie auch sonst, deutlich und mit Würde vom Geschlechte der Lyriker unterscheiden. Aber das Herz des Herrn Brock, obwohl er lyrischer Fehltritte ganz unverdächtig ist, geht, ach, mit jeder Schürze bockssprüngig durch, und von einem Unterrocke gar braucht es nur den untersten Saum zu ahnen, um zu schlagen wie ein Lämmerschwänzchen. Daher fehlt es nicht an ärgerlichen Affairen; Herr Ewald Brock wird sogar einmal aus dem Korps gehängt deswegen. Aber die Erfahrenheit der älteren Semester sah ein, daß es in diesem Falle gut sei, die Augen des moralhütenden C. C. zuzudrücken, und Herr Ewald Brock ist in der That eine viel zu unersetzliche Kraft, als daß sich nicht alles immer wohlgefüglich einrenken sollte.

Herr Ewald Brock fühlte sich über die Maßen wohl in diesen Verhältnissen, die den Leib durch ritterliche Übungen und Alkohol stärkten und doch das Herz nicht verkümmern ließen.

Sechs Semester hat er untadelig in Würzburg verbracht. Ich schätze, er wäre heute noch dort, wenn nicht eines Tages ein unangenehm energischer Brief des alten Herrn aus Halle eingetroffen wäre. Dieser Brief handelte vom tentamen physicum. Ob das nun eigentlich endlich erledigt sei? Er hoffe: Ja! Wenn aber nein, so sei es mit der Würzburgs Herrlichkeit endgiltig aus, und Herr Ewald möge die Güte haben, den Schauplatz seiner Thätigkeit sofort nach Halle zu verlegen.

Dieser Brief ist Herrn Brock junior eine schmerzliche Botschaft.

Das Wort physicum allein geht ihm schon auf die Nerven. Ein aufdringliches, thörichtes, infames, ein überflüssiges Fremdwort! Und nun gar Halle! Halle! An der Saale! Ein ganz unmöglicher Ort! Denn sein Corps hat mit dem dortigen S. C. nicht die entfernteste Cartellbeziehung.

Ob er die Sache nicht in München erledigen könne? Die dortige Fakultät sei auch sehr tüchtig. Desgleichen das Klima.

Aber der alte Herr ist von einer ganz ungewohnten, geradezu beleidigenden Entschiedenheit. Es ist, juristisch gesprochen, eine reine Bedrohung: Entweder Halle oder kein Monatswechsel.

Brutaler Gewalt muß kluge Überlegung weichen. Kein Ausweg mehr. Der schnöde Trumpf liegt auf dem Tisch. Herr Ewald Brock muß sich und seinem Korps und all den süßen Favoritinnen den Schmerz des Abschieds anthun. Er wird mit dem Band als inaktiv entlassen, richtet noch eine große Feuchtigkeit auf der Kneipe und

bei einigen untröstlichen Töchtern der Eingeborenen an und fährt
mit zerknirschter Seele nach der Stadt seiner Väter.

4. Kapitel

Wieder geht eine sichtliche Veränderung mit Herrn Ewald Brock vor.

Sein Habitus bekommt etwas Niedergeschlagenes, Beklommenes, Verwaistes. Da er Mütze und Korpsband nicht mehr tragen kann, legt er auch die heiter hellen Anzüge und schmetternden Cravatten ab, und der gewaltige Spazierstock, zu Würzburg genannt Christoph der Bedrohliche, steht, wie ein abgelohnter Hausknecht ohne Condition, neben dem ganz verstaubten Paradeschläger im Schirmständer.

> »Nie warf sich schwarze Gallsucht so mit Wucht
> Auf eine heitre Seele . . .«

Die Frau Mama kriegt's schier mit der Angst und meint, man hätte den armen Jungen auch nicht gleich so derb anfassen sollen. Wie leicht könnte er dauernden Schaden an seinem Gemüte nehmen. Aber der Vater Professor, unerbittlich, grausam, ein Tyrann, läßt nicht ab von grimmiger Strenge und erklärt mit gräßlichen Beteuerungen, daß Halle nicht eher verlassen wird, ehe denn das Physikum bestanden ist.

Oh dreimal scheußliche Notwendigkeit! Es geht ans Studieren.

Herr Ewald Brock, der ehedem mit so viel Meisterschaft und Finesse die jungen Füchse für die Mensur einpaukte, muß es über sich ergehen lassen, daß ihm jetzt Physik, Chemie, Anatomie, und was dergleichen unerquickliche Gehirnbelastungen mehr sind, eingepaukt werden. Er kommt sich wie entthront vor. Behandelt man ihn nicht impertinent? Wie einen Schuljungen? Sogar das versetzte Mikroskop und die medizinische Bibliothek, die so ungebührlich teuer ist, hat er sich wieder anschaffen müssen, und ohne Zuschuß!

Er ist über alle Begriffe unglücklich. So fürchterlich hätte er sichs nicht vorgestellt. Das grenzt schon an Pommern!

Aber nach drei Semestern meldet er sich wirklich zum Physikum, und nach abermals dreien besteht er's mit Note 3.

5. Kapitel

Ein solcher Stier geht ruhig fürbaß.

Der unpsychologische Leser, der sich, wie ich hoffen will, in seiner guten Meinung von Herrn Ewald Brock durch die Unglücksschläge, die dieser gemarterte Mann im vorigen Kapitel zu überstehen hatte, nicht hat erschüttern lassen, wird nun flugs glauben, daß mein Held in heftig schöner Gemütsaufwallung sogleich nach Würzburg fährt, um den sechs mageren Semestern weitere sechs korpulente folgen zu lassen.

Oh über den unpsychologischen Leser! Ich beklage ihn. Wie wenig, wie schlecht kennt er Herrn Ewald Brock!

Wie? Hat er jemals gesehen, daß ein Stier, der bereits in der Deichsel gestanden, herumhoppste und brüllte wie ein junger Galoppant, wenn man ihn auf die Weide gelassen? Nein! Ein solcher Stier geht ruhig fürbaß, rupft sich sinnend das Maul voll Klee und legt sich langsam wiederkäuend ins dichte Gras.

Nun wohl: In ähnlicher Lage benahm sich Herr Ewald Brock ähnlich.

Es war ihm ganz und gar nicht galoppierend zu Mute. Salamander kommandieren, Füchse einpauken, die Backen hinhalten für andrer Leute lange Messer schien ihm eine zwar nicht unlöbliche aber doch mehr für das Jünglingsalter passende Beschäftigung. Er seinerseits, so fühlte er, gehörte nicht mehr zu jener heiteren, aber unerfahrenen Jugend, der dichtes Lockenhaar den Scheitel kränzt. Er hatte eine Platte. Er hatte einen Spitzbauch. Niemals mehr würde er den Schläger steif hoch halten können, wie es die Pflicht der Deckung gegen die Hochquart erfordert. Es lagerte zuviel anstudiertes Fett vor. Gelehrsamkeit ist ritterlichen Künsten undienlich. Wo sie nicht entnervt, verfettet sie. Es ist schon tragisch.

Also: Kein Gedanke an Würzburg! Aber, beim hohen Himmel, auch kein Gedanke an Halle! Der alte Herr in seiner Verstocktheit hätte es freilich am liebsten gesehen, wenn sich Herr Ewald in dieser unerfreulichen Stadt bis ins Endlose hätte fortnudeln lassen mit allen Disziplinen der Heilkunde. Aber nein! Diesmal liegen bindende Zusicherungen vor. Ein jeder Arbeiter ist seines Lohnes wert, sagt schon Moses oder Lassalle. Der ausbedungene Lohn *seiner* Arbeit aber war die Befreiung aus Halle.

Er für seine Person war mit lebhafter Entschiedenheit für Berlin. Das sei die Stadt für ein gereiftes Studium! Die klassische Stadt der älteren Semester! Die Reichshauptstadt! Die Hauptstadt der deutschen Wissenschaft! Virchow! Koch! Und wie sie alle heißen! Dutzendweise glänzen dort am Himmel der Medizin die Kapazitäten! Und Klinken giebt es soviele wie Kasernen!

Aber der alte Herr war kürzlich zum Historikertage dort gewesen und hatte, wie er des Nachts mit jungen Kollegen die Stadt besah, Beobachtungen gemacht, die es ihm geraten erscheinen ließen, sein Veto gegen Herrn Ewalds Übersiedelung an die Spree einzulegen. Gewiß, es müsse eine der großen Universitäten mit reichen klinischen Einrichtungen und ersten Koryphäen der Wissenschaft sein. Aber nicht Berlin. Nein, nicht Berlin. Sondern Leipzig etwa.

Also gut! In Gottesnamen: Leipzig. Es war wenigstens nicht Halle.

Herr Ewald Brock packte seine medizinische Bibliothek, seine Instrumente, sein Mikroskop zusammen und fuhr mit einem nachdenklichen Gesichte ins Sächsische.

Es ging ihm allerlei durch den Kopf während der Eisenbahnfahrt.

Was sollte er nun eigentlich in dieser Handels- und Universitätsstadt?

Studieren vermutlich?

Ganz wohl! Studieren! Gewiß! Das stand wohl unumgänglich fest. Denn, irrte er nicht, so wollte er Arzt werden.

Wollte? Doch wohl eigentlich mehr: Sollte! Aber gleich viel! Auf den Arzt lief es hinaus. Da war das Zeugnis des bestandenen Physikums. Dieser Obstkuchen war nun mal angeschnitten. Auch mußte die ärztliche Praxis nicht ohne Annehmlichkeiten sein. Und die medizinische Wissenschaft, so viele Schattenseiten sie ohne Zweifel hat, ist doch wenigstens nicht so zwecklos wie die andern. Sie bringt mit dem Leben in Berührung! Na, und das Leben ist doch noch immer das Amüsanteste auf der Welt. Wenn er z. B. Frauenarzt würde? Wie, Ewald?

Dabei fiel ihm die Frage aufs Herz, wie es denn wohl in puncto puncti stünde zu Leipzig der Stadt? Ob sie wohl annehmbar wären, die Töchter der Eingeborenen?

Doch vermutlich! Und es rührte sich ein Stückchen historisches Erbteil vom Vater her in Herrn Ewald Brock, indem er sich sagte: Es ist eine alte Universitätsstadt, die schon Generationen von Studenten in ihren Mauern sah. Da muß sich wohl ein guter Stamm Weiblichkeit gebildet haben. Überdies ist es immerhin ein ziemlich großer Marktflecken. Und richtig! Hat es Schiller nicht mit Paris verglichen?

Herr Ewald Brock fühlte sich beruhigt, und als er schließlich bedachte, daß sein Korps mit einem Leipziger in Vorstellungsverhältnis stand, daß er also als mitkneipender Korpsbursch eines standesgemäßen Unterkommens in entsprechender Gesellschaft sicher war, da dünkte es ihm eine ganz erfreuliche Schickung zu sein, daß er sich gerade in Leipzig studierenshalber aufhalten sollte.

6. Kapitel

Wenn mein verehrter Leser zur Zeit, da diese wahre Geschichte spielt, mittags zwischen elf und zwölf Uhr auf der Grimmaischen Straße in Leipzig spazieren gegangen wäre, so würde er regelmäßig einem angenehm beleibten, doch nicht geradezu fetten Herrn begegnet sein, der mit der Miene eines erfahrenen, aber die Welt noch immer mit herzlichem Interesse betrachtenden Mannes und in der Kleidung eines von einem guten englischen Schneider bedienten Repräsentanten der wohlbegüterten Volksschicht einherwandelte, freundlich gemessen die steifen Mützenschwünge der Corpsstudenten mit einem leichten Heben seines glänzenden grauen Cylinderhutes erwiderte und nicht gar selten hübschen jungen Mädchen von confektionösischem Aussehen, wie sie um diese Zeit in dieser Straße immer in mehreren guten Exemplaren zu treffen sind, mit der hell behandschuhten Rechten kordiale Grüße zuwinkte, auch wohl ab und an mit einer dieser netten Personen in eine Nebenstraße einbog, um dort ungestörter freundliche Worte gefälligen Scherzes mit ihr zu tauschen.

Dieser liebenswürdige, joviale Herr, der Anfang der dreißiger stehen mag und in nichts an das Normalbild der Leipziger Studenten erinnert, ist Herr Ewald Brock.

Sieht man ihn so in seiner lebemännischen Haltung, der es aber nicht an einem Beitone von gemütlicher Leutseligkeit fehlt, so würde man einen Herren vor sich zu haben meinen, der die Klippen akademischer Prüfungen längst mit Gewandtheit umschifft oder überhaupt nicht den Ehrgeiz nach einem gelehrten Grade hat. Die unerbittliche Wahrheit erfordert es indessen, zu konstatieren, daß der imposant schäkernde Herr sich noch inmitten der strudelnden Fluten des Universitätslebens befindet. Wir haben Herrn Ewald Brock in seinem vierten Leipziger Semester vor uns, und es wäre unbillig, zu verlangen, daß er jetzt schon am Ende seiner Studien angelangt sein sollte. Wir wissen, es lag nicht in seinem Wesen, zu rennen, unanständige Eile war ihm fremd, seine Korpulenz verbot ihm geradezu, Sprünge zu machen.

Die Zeit dagegen, diese klapperdürre Geschwindspinne, raste in einem unangenehmen Tempo. Semester tobten förmlich an ihm vorüber. Es wurde ihm manchmal fast ängstlich, wenn er sie so jagen sah, die Generationen der akademischen Bürger. Jetzt waren schon die Bürschchen auf dem Plan, die zu seiner Zeit Quintaner gewesen waren.

Höchst überflüssig daher, daß der alte Herr unausgesetzt ans Studieren mahnte. Natürlich studierte Herr Ewald Brock. Man konnte sagen: Täglich. Nur übernahm er sich nicht. Er war nicht happig. Das unterschied ihn von den gewissenlosen Strebern, die, selbst erst Skizzen von Menschen, sich getrauten, praktische Ärzte zu werden, ehe sie praktische Menschen wurden. Welch' ein Fürwitz! Er seinerseits nahm es genauer, gewissenhafter. Erst galt es, das Leben zu ergründen, sich selbst in runder Fülle zu einem fertigen Menschen zu gestalten. Meint man, das gehe schnell? Ist das Leben nicht das schwerste Studium nach der übereinstimmenden Meinung aller Weltweisen? Man müßte ein Genie sein, um das im Husch zu erfassen. Hatte er sich aber je für ein Genie ausgegeben? Man weise ihm das nach! Ein Idiot war er ja gewiß nicht, aber sein Gehirn verdaute langsam. Das war Schickung wie ein schlechter Magen. Konnte er für sein Gehirn? Hatte er sich's gemacht? Und: Wenn er gesunde Instinkte für die Weiblichkeit hatte, war das etwa seine Schuld, sein boshafter Vorsatz? Daß er nicht wüßte! Er war nicht befragt worden, was für Instinkte er sich wünschte. Möglich, daß er sich die Instinkte eines Wander-Quäkers gewünscht hätte. Es ist *alles* möglich.

Immerhin genierten ihn ziemlich häufig Anwandlungen solcher Art, und er war in solchen Augenblicken nicht glücklich zu preisen. Ich fürchte, er wäre sogar schließlich einer schleichenden Übernachdenklichkeit mit melancholischen Momenten verfallen, wenn nicht ein glücklicher Umstand rettend eingetreten wäre.

 *Herr Ewald Brock lernte Fräulein Mathilde Holunder ken-* 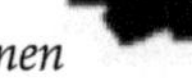
nen

Mir ist, als ob ich jemand lachen hörte. Ach, Freund Leser, Sie finden den Namen Holunder zu lyrisch für Herrn Ewald Brock? Sie denken sich: Wie kann man einen so unpassenden Namen erfinden?

Lachen Sie immerhin! Aber reden Sie mir nicht von Erfinden, wenn Ihnen meine Freundschaft wert ist. Diese Geschichte ist so wenig erfunden wie der König David. Ich kann nichts dafür, daß der rettende Engel meines Helden Holunder hieß. Das Schicksal macht oft sonderbare Nomenclaturen. Es bringt es fertig, einen Dichter Klopstock und einen Händler mit alten Hosen Veilchenblüh zu nennen. Warum also sollte es eine Schlangendame nicht Holunder heißen?

Eine Schlangendame, eccoló! Endlich haben wir sie!

7. Kapitel

Ist sie nicht wie die Morgenröte lieblich?

Herr Ewald Brock lernte den Engel, der ihn retten sollte, kennen, als er eines Abends mit seinem Freunde Stilpe, dessen Bekanntschaft die Kenner der besseren modernen Litteratur in meiner anderen wahren Geschichte, der vom Negerkomiker, gemacht haben, die Vorstellung im Stadtgarten besuchte. Stilpe war eigentlich kein ganz passender Umgang für Herrn Ewald Brock, da er einmal einen Fehltritt begangen hatte. Er gehörte, wie meine Freunde wissen, zu jenen gefallenen Jünglingen, die, statt in ein Korps, in eine der vielen und mannigfach benannten anderen Verbindungen getreten sind, die der Korpsstudent kurz und schnöde allesamt mit dem Zweisilber Blase bezeichnet. Dieser Makel wog schwer für Herrn Brock, aber es war in dem Mirkokosmus Stilpe so vieles, das seinem Wesen ähnlich war, soviel Wahlverwandtes zumal, daß er mit Aufbietung einiger Seelengröße über die geringere soziale Stellung des Mannes hinwegsah und sich ihn, wenigstens für den circensischen Teil seiner Neigungen, zum Freunde erkor. Stilpe war, wie er, Mediziner in vorgerückten Semestern; gleich ihm übte er sich mit Ausdauer und Hingebung in den schwierigen Künsten des Lebens; gleich ihm betonte er bei diesen Studien den Umgang mit dem zarten und gemütvollen Geschlechte, das von der Weltordnung zur Ergänzung der rauhen Männlichkeit bestimmt ist; gleich ihm auch liebte er das Geistige in den Getränken. Unähnlich waren sich die beiden insofern, als Stilpes Wesen von größerer Agilität, so leiblich als geistig, war, wie sich das schon in seiner weitaus knochigeren, schmäleren Statur ausdrückte. Auch besaß er im Zusammenhange damit eine geläufigere Zunge, er war, in der reichen Tropik seiner Sprache zu reden, auf dem Klappenwerke protuberant gut beschlagen.

Diese beiden also, der tunfischdicke Herr Ewald Brock, und der heringschlanke Stilpe (dieser nicht völlig mit der sicheren Eleganz jenes, aber immerhin nicht ohne Sinn für modernen Schnitt gekleidet) betraten an einem Winterabend den Zuschauerraum des Stadtgartentheaters, wo sie sich mit der Miene der anerkannten Habitués nahe dem Klavier niederließen.

Sie waren gerade in ein Couplet hineingeraten, in dem ein hübsches dickes junges Mädchen behauptete, sie habe viel Courage, wohne Bel-Etage, ihre hohe Gage, die erlaube es ihr.

»Ein liebes kleines Ferkelchen,« sagte Stilpe, »aber wie kann man bloß Zickert heißen, wenn man so nette dicke Beinchen hat. Zickert kommt her von Zicke, das ist: Ziege. Ziegen aber haben keine Waden, wie schon der alte Buffon so richtig bemerkt hat. Mädchen, nenne dich künftighin Schinkel! Das schlägt in die Kunst und hat den Vorzug einer gewissen Suggestionskraft.«

»Ruhe!« rief das Publikum.

»Der Mob hat kein Interesse für Etymologie,« meinte Stilpe, »und da reden die Leute von gehobener Volksbildung. Kommt Zickert etwa *nicht* von Zicke, meine Herren?«

»Ruhe!« rief das Publikum.

»Ist Zicke etwa *nicht* eine korrumpierte Form von Ziege?« schrie Stilpe.

»Ruhe!« rief das Publikum.

»Lesen Sie im Buffon nach, verehrte Anwesende!« schrie Stilpe.

»Schmeißt den Kerl doch raus!« rief das Publikum.

»Schinkel ist das einzig Wahre!« donnerte Stilpe. »Wer für Stilpe ist, bekenne es laut und freudig mit einem deutlichen Ja!«

In diesem Augenblicke, als das Publikum Miene machte, aggresiv gegen Stilpe vorzugehen, kam eine weibliche Person, in einen dicken Theatermantel gehüllt, durch die Bühnenthüre in den Zuschauerraum, ging auf Stilpe zu und sagte sehr ruhig: »Du bist also noch immer der alte Esel! Willst du gleich stille sein?«

»Oh!« rief Stilpe erst laut, dann aber dämpfte er seine Stimme und sagte mit leiser Rührung: »Du bist es, Woglinde, meine süße Windung? Komm, rhythmisches Mädchen, lagere Dich an meinen Busen!«

»Das werd ich bleiben lassen. Aber ich will mich her zu Dir setzen, damit ich Dir den Mund zuhalten kann.«

»Unnötig, Du glättendes Öl meiner gelehrten Leidenschaft! Wo *Deine* Wonne bebt, schweigt meine Tuba.«

Während sich das Publikum langsam beruhigte, da es den wilden Hering gebändigt sah, stellte dieser das Mädchen seinem Freunde vor:

»Dieses aber, mein teurer Ewald, ist das Mädchen, von welchem schon die Alten sagten: ›Seht, welche ein netter Käfer!‹ Zücke Dein Monocle, Mann, und betrachte sie! Ist sie nicht wie die Morgenröte lieblich? Hat sie nicht unter blonden Haaren braune Augen? Rehe, lagernd unter Weizengarben, würde Salomo sagen, dieser begabte König, der das Hohelied gemacht hat. Sind ihre Backen nicht rot und rund und ihre Lippen desgleichen? Aber du mußt sie in Trikots sehen, die von der Farbe blonden Fleisches sind! Diese Beine . ! . Meine Harfe schweigt.«

Beine, – das Wort zündete bei Herrn Ewald Brock, der ohnehin mit Interesse in diese braunen Augen sah, die zu Stilpes Redeschwung belustigt lachten. Er sprach: »Hä, werden wir sie heute noch zu sehen kriegen, die p. p. Beine?«

Das Mädchen sprach: »Nein, Herr Doktor! Ich bin fertig da oben, und ich wollte schon nach Hause gehn, wie ich das Klappenwerk da erkannte. Ich hätt' es ja ruhig mit ansehen können, daß sie ihn an die Luft setzten, aber ich dachte mir: Er hat zwar eine entsetzliche Manier am Leibe, die Leute kaputt zu reden, aber schließlich ist er doch 'n ganz passabler Kerl, dem man einen Knochenbruch ersparen kann.«

Stilpe that beleidigt: »Redet sie nicht Pamphlete? Ach du Wabernde, warum beschimpfst Du mich? Hast Du mich nicht einsten geliebt, wie nur ein Mädchen mit Deinen Muskeln lieben kann? Trag ich nicht heute noch blaue Flecke von Deiner Liebe?«

Das Mädchen sprach: »Sie sind sein Freund, Herr Doktor? Na, dann wissen Sie, daß er mehr lügt, als nötig ist. Nee, Stilpeken, wenn ich nicht Deine schnodderige Seele verehrte, in Deine Knochen würd' ich mich nicht verlieben.«

Stilpe: »Ewald, das geht auf Dich! Pauline macht Dir Avancen!«

Herr Ewald Brock war nicht abgeneigt, dies zu glauben, denn dieses Mädchen that ihm wohl, obwohl er bei Tingeltangeldamen eigentlich eine robustere Umgangssprache vorzog und es stilwidrig fand, daß dieser Theatermantel so gewissermaßen hochdeutsch redete. Er sprach und legte Schmelz in seine Stimme: »Paula heißen Sie? Hä, ein schöner, wohlbeleibter Mädchenname. So . . . rund. Hä, mollig!«

Das Mädchen: »Na, eigentlich heiß ich Mathilde. Aber, sehen Sie, das ist kein Name für so einen Theaterzettel.«

Jetzt mußte Stilpe, wollte er nicht platzen, in das Gespräch eingreifen: »Paula Morlow. Man beachte, wie dumpf das dahin rollt. Schlangendame und Serpentine-Cancanöse. Letzteres Eigenbau, persönlich erfundene Spezialität. Auch Woglinde genannt, aber nur von mir. Im Zivilverhältnis Mathilde Hol . . . hol mich der Teufel, ich bring's nicht heraus, das Wort, es stinkt nach Fliederthee, . . . Hol . . . Hol . . . Mädchen, thu das Mündchen auf und sag's selber! Es ist unaussprechlich!«

Das Mädchen: »Kindskopf! Ich heiße nämlich Holunder mit meinem Familiennamen.«

Herr Ewald Brock gings wie dem verehrten Leser, der vorhin lachte. Es kam ihm unwahrscheinlich vor. So ein nettes, rundes Ding und: Holunder! Er faßte sich aber und sprach: »Hä, ein wirklich einigermaßen erstaunlicher Familienname. Aber, hä, nett, muß ich finden. Ja, sehr nett, hä. So 'n *dichterischer* Name!«

Stilpe war empört. »Ein ganz *infamer* Name. Paula, ich sage Dir, Du mußt heiraten, heiraten mußte, daß Du 'n los wirst. Du könntest geradesogut mit einer Crinoline herumlaufen wie mit *dem* Namen. Wenn *ich* nu' Aprikose hieße!«

8. Kapitel

Ich denke: die Situation ist klar.

Herr Ewald Brock hatte sich durch den Namen Holunder nicht abhalten lassen, das mit ihm behaftete Mädchen lieb zu gewinnen.

Es war verwunderlich, was ihm da geschah. Es entwickelte sich hier ein Verhältnis, das gar nicht mehr ein Verhältnis in dem bewußten Sinne dieses Wortes war. Gott, seine »Verhältnisse« sonst! Intermezzi wie im Cirkus, wenn es heißt: Die Pausen werden von den Clowns ausgefüllt. Alle die kleinen Mädchen, mit denen er es zu thun gehabt hatte, waren ihm ja gewiß angenehme Objekte gewesen, eine Art von Kleiderständern, an denen er seine Gefühle aufhing, um sie auf eine Weile los zu werden. Aber wenn ihm die Objekte mitsamt den Gefühlen durchbrannten, so ward er keineswegs in Trübsal getaucht. Man konnte eher sagen, daß er derlei Geschehnisse mit einer Fassung ertrug, die von Schnuppigkeit nicht weit entfernt war. Das kam daher, weil er selbst nie daran gedacht hatte, der oder jener Ständer sei der ewig einzige Haken für seine Gefühle. Laß fahren dahin! sang er mit seinem berühmten Landsmann Luther.

Aber hier, diesmal, war es ganz anders. Kein Kleiderständer! Und viel mehr Gefühle, als auf ein solches Möbel gegangen wären. Vielleicht ein Schrank? Ein ganzer großer Kleiderschrank für Gefühle? Noch nicht geräumig genug! Einen größeren Begriff her! Ich hab's: Eine ganze Kleiderstube, eine ganze Garderobe mit unzähligen Haken und Häkchen für unzählige Gefühle!

So war es! Herr Brock hatte sehr bald die Empfindung, daß dieses gesunde, frische, wohlgebaute Mädchen mit den großen braunen Augen, die so eigen still lebendig waren, und mit der lieben weichen Art, leise zu lachen; mit diesen runden, lustigen, aber nicht zu schnellen Bewegungen; mit dieser eher tiefen als hohen Stimme, die den Worten etwas wie einen warmen linden Flaum gab; mit diesem anschmiegenden, aber nie lästigen, vielmehr im Grunde ganz merkwürdig selbstbewußten Wesen, – er hatte die Empfindung, daß diese still resolute, aber durchaus feine weibliche Natur etwas Wohnliches, Heimliches in sein Leben brachte, etwas, darin man sich strecken und dehnen und wohl sein lassen könnte eine lange, lange Weile hin, sorglos, angenehm behütet und doch in keinem Zwange.

Wie sich diese Empfindung zur sanftlebenden Gewohnheit in ihm auswuchs, daß er sich sagen mußte, es würde recht fatal sein, wenn diese angenehme Situation plötzlich einmal aus wäre, zog er die logische und praktische Konsequenz daraus und begründete mit Fräulein Mathilde Holunder einen gemeinsamen Haushalt. Er hätte dies in ehrlicher Deutschheit gerne ohne alle Heimlichkeit und Hinterlist offen und unverhohlen gethan, aber die antiquierte Art, mit der die Leipziger Polizei ihres Amtes als staatlich bestellte Hüterin der bürgersittlichen Überlieferungen waltete, zwang ihn, da er mit einem Verehelichungszeugnisse nicht dienen konnte, zu einem verschmitzten und leider kostspieligen Manöver. Er kaufte gegen schweres Geld eine volle Wohnungseinrichtung mittlerer Güte und überließ diese als eine Art Wilden-Hochzeits-Geschenks der Schlangendame seines Herzens. Diese möblierte damit eine kleine Wohnung aus, und an dieser nahm nun Herr Ewald Brock vor den Augen der mißgünstigen Welt und Polizei als möblierter Herr teil. So war den sittlichen Anforderungen unsres untadeligen Jahrhunderts wieder einmal löblich Genüge geschehen.

Wehe dem, der hierzu frivole Bemerkungen macht! Ich müßte ihn zurechtweisen. Möge er lieber sozial denken und erkennen, wie günstig hier die Moral auf den Möbelhandel gewirkt hat. Zwei kinderreiche Tischlerfamilien hätten vielleicht nicht gewußt, wohin sie ihr Haupt legen sollten, wenn nicht die Sittlichkeit des Staates Herrn Ewald Brock gezwungen hätte, drei Zimmer und eine Küche einzurichten.

Das Geld für diese soziale und moralische That kam übrigens erst auf Umwegen aus Herrn Brocks Tasche. Er war genötigt, es sich auf dem Wege des Kredits zu verschaffen.

Eine Preisfrage an Leser und Leserin: Von wem pumpte sich Herr Ewald Brock das Geld?

Wie meinen? Von einem Wucherer?

Das war gewiß eine Dame, die so riet. Nein, meine Gnädige, so dumm sind die Leipziger Wucherer nicht.

Was sagen Sie? Von Stilpe?

Himmlische Gerechtigkeit, kennen Sie Stilpen schlecht! Wahrlich, wahrlich, ich sage Ihnen, Sie fänden eher im Neste einer Nebelkrähe gemünztes Metall als bei diesem braven aber unvermögenden Manne.

Es errät's also keiner? Keine?

Nun denn: Von Fräulein Holunder lieh sich Herr Ewald Brock das Geld.

Ah, wie ich mich an Ihrem Erstaunen weide. Aber verderben Sie mir, bitte, dieses unschuldige Vergnügen nicht mit dem entrüsteten Zurufe: »Das ist unanständig!« Ich müßte Ihnen dann folgende Auseinandersetzung anthun: Nicht wahr, wenn ein armer Jüngling ein reiches Mädchen heiratet, und er kriegt Geld von ihr in die Ehe, das schickt sich? Und: Er ist nicht einmal verpflichtet, es ihr wieder zu geben? Und: Liebe braucht auch nicht immer nachgewiesen zu werden? Ist das nicht so?

Nun gut, meine Herrschaften!: Der ganze Unterschied zwischen diesem legalen und Herrn Brocks illegalem Falle ist bloß der, daß Herr Brock verpflichtet ist, das Geld, sei es mit oder ohne Zinsen, seinerzeit zurückzuerstatten, und daß er das Mädchen wirklich lieb haben muß. Denn: Ein Mädchen mit Geld ohne Liebe legal zu heiraten ist zwar anständig, aber niederträchtig und gemein ist es allerdings, ein Mädchen mit Geld ohne Liebe illegal zu heiraten.

Man sieht: Das Gesetz macht's billiger, als die Ungesetzlichkeit. Daher ist das Gesetz, Gottlob, so beliebt.

Paragraphieren wir aber doch der Sicherheit halber noch einmal den ungesetzlichen Kontrakt zwischen Herrn Ewald Brock und Fräulein Mathilde Holunder:

§ 1.

Die beiden Kontrahenten lieben einander.

§ 2.

Aus diesem Grunde heiraten sie einander, wenn auch nur im Sinne eines Privatabkommens ohne Hinzuziehung des staatlichen Apparates.

§ 3.

Herr Brock begiebt sich zu seiner Frau in das Verhältnis eines Darlehenempfängers.

§ 4.

Herr Brock ist ein miserables Subjekt, wenn er seiner Frau, sobald sie nicht mehr seine Frau ist, die entliehene Summe nicht voll zurückerstattet.

*

Ich denke: Die Situation ist klar.

Anmerkung: Das Buch auf der rechten Wagschale ist das Bürgerliche Gesetzbuch für das Deutsche Reich.

9. Kapitel

Unglaublich, wohin überall sie ihren Kopf stecken konnte.

Herr Ewald Brock fühlte sich als inoffizieller Ehemann so wohl, wie sich offizielle Ehemänner nach den übereinstimmenden Aussagen Sachverständiger selten fühlen. Paul, so nannte er seine Frau, wenn niemand, außer etwa Stilpe, zugegen war, entwickelte, so anmaßend dies von einer derartigen Person sein mag, alle Tugenden einer deutschen Hausfrau. Man hätte sie eine *teutsche* Hausfrau nennen können, so tüchtig war sie. Sie hielt die Wirtschaft zusammen und kochte, als wäre sie nie eine Schlangendame, geschweige denn eine Serpentinecancanöse, gewesen.

Gewesen! Denn, wie es von den Damen der höheren Bühne so schön in den Zeitungen heißt, wenn sie geheiratet haben, auch sie hatte »der Kunst den Rücken gekehrt.« Sie schlangendamte und serpentinecancanierte nur noch in Separatvorstellungen vor ihrem süßen und kunstverständigen Ewald.

Ah, es waren begnadete Stunden reinsten Kunstgenusses, wenn er in der guten Stube auf dem brav breiten Divan lag, das lange Nargileh im Munde, lässig schön nur mit einer blauseidenen türkischen Pumphose und einem allerliebsten, schnürenverbrämten Smoking aus hellbrauner Kamelhaarwolle bekleidet, und sie sprang durch die schwere Portière ihres Schlafzimmers herein, im Trikot von der Farbe blonden Fleisches, oder auch ohne Trikot, bloß blond, und hob an, auf dem weichen Brüsseler Teppich ihre geschmeidigen Künste zu zeigen.

Der Teppich war blaß apfelgrün, anemonenblau und pfirsischblütenrot gemustert. Hände und Füße des kunstreichen Paul versanken linde darin, während Unter- und Oberkörper in den anmutigsten Windungen voll Ausdruck und Kraft rhythmisch auf- und niedergingen in einem sanft roten Lichte, das von einer japanischen Ampel herunterfiel, um die aus roter Seide ein feiner Schleier war. Unglaublich, wohin überall sie ihren Kopf stecken konnte mit den langen, weichen, blonden Haaren. Es sah manchmal ganz buddhistisch aus, feierlich schön verrenkt, andachtheischend. Man hörte nichts, als ihre tiefen Atemzüge, die wie eine heiße Begleitung ihrer Bewegungen waren. Manchmal knackte, wie verstohlen, ein Knöchel. Das gab etwas Ängstliches in diese breite Stille. Und dazu ein *odeur de femme* im Zimmer, gemischt mit dem süß vollen Geruche des schwer parfümierten türkischen Tabaks, ein Parfüm, das auch wie in Wellen ging, überall hinzog, alles durchtastete, um alles sich hing, so voll geladen mit allerlei drängenden Zuflüsterungen, so schwer und üppig, daß Herr Brock wohl zuweilen tief Atem holen mußte, wie wenn es ihm eine schmerzliche Wollust wäre, stöhnend auch etwas hineinzusagen in dieses warme Wellenspiel von Weib und Duft. Beim Schlußtric wirkte er sogar persönlich mit. Er ließ sich rücklings langsam auf den Teppich nieder und richtete seine entzückten Augen schwärmerisch gen oben, wo Paul mit gespreizten Beinen, lieblich anzusehen, über ihm stand. Dann schloß er wie ein verzückter Fakir seine Augen, indessen Paul langsam, ganz, ganz ängstlich langsam Kopf und Oberkörper hinten über tief zu ihm hinab bog, bis ihre heißen Lippen die seinen berührten. Sie nannten das gar gruselig den Schlangenkuß. Es war aber sehr angenehm. Dann machte Paul einen schwierig schönen Schwung, auf die Hände gestützt, Beine hoch, genau über Herrn Ewalds ängstlich verklärtem Gesicht, und, hopp, war sie hinaus durch die Portière.

Herr Ewald erhob sich mühsam, rollte den Teppich zusammen und stellte ihn in die Ecke. Hinter der Portière aber raschelte Seide, krachten Corsettspangen, pochten Tritte von Hackenschuhen. Dann die Portière auf, und es begann Pauls denkwürdige Glanznummer: Cancan serpentant.

Daß ich ein Tanzmeister oder Frank Wedekind wäre, Ihnen mit allen Finessen der Technik klar zu machen, wie Paul den braven Pariser Schüttelbein- und Schwenkebauchtanz, den unsre Vorfahren Cancan nannten, und den ätherischen Londoner Serpentinetanz in einander schmolz. Es war ihre eigenste Erfindung. Ein bißchen kühn und im Grunde stilwidrig, aber von einer anbetungswürdigen Tollheit.

Unten schwarzseidenes Cancan-Costüm, schwarz bis auf die gestickten Unterhöschen mit vielen, vielen Rüschen, zitternd wie Espenlaub, oben der breitfaltige himmelblauseidene Tanztalar von Miß Loë Fuller, die gepriesen sei in alle Zeiten für das, was sie unsern Augen Gutes gethan hat.

Der leise Armflügeltanz mit den blauen Seidenwellen weht durch die rote Luft, – ach du unschuldiger Schmetterling! Bisch – bisch flattert er rundum, scheu, keusch. Steht im Beben still. Hebt und senkt die Schillerflügel, als warte er. Dreht sich in seiner wellenden Schönheit. Jetzt wächst er über sich hinaus. Jetzt ist er groß wie eine blaue Flügelsonne. Das ist den schwarzen Höschen unten zu viel. Sie knistern vor Ungeduld, dieser englischen Ästhetik cancanierend durch die Parade zu fahren. Sie können's und können's nimmer aushalten. Hup, saust eines der roten Stiefelchen hervor, schmeißt den blauen Talar hoch auf und winkt der japanischen Lampe einen Trällergruß. Doch die Arme lassen nicht ab von englischer Feierlichkeit. Sie runden die Seide zu blauen, drehenden Muscheln, sie predigen seidene Predigten. Aber die französischen Beine lassen sich nicht imponieren. Wie ein Gassenhauer trällert eine Pirouette dazwischen, jup, mitten in das blaue Hallelujah. Und jetzt wird der Kopf angesteckt. Jach wirft er sich nach hinten, daß die blonden Haare wie ein goldener Strahlenkranz aufstehen. Und wie im Taumel wieder nach vorn, daß sie hinunterstrudeln, und nun im Kreise rundum wie Sonnenfackeln, indessen die Beine toll auf- und niedergehen und der Unterleib sich allbereits nach vorwärts wagt. Fort mit dem blauen brittischen Flügelschlag! Die Arme müssen auch mit hinein in den Trubel der cancanischen Beine! Weg den weiten Talar! Paul wirft ihn hinter sich. Und nun im gelben Mieder auf dem schwarzen Hemd, im kurzen schwarzseidenen Röckchen los, furioso, cancanoso, als wollte sie alle Glieder von sich werfen und oben an der Decke tanzen.

»Toller Balg!« weiter wußte Herr Ewald Brock nichts zu sagen, wenn dann Paul, mit Decken sorgsam eingehüllt, auf dem Divan lag und stammelte: »Ah, das thut gut, so mit Kopf, Arm, Bein und Leib zu tanzen!«

10. Kapitel

Mädchen, Mädchen, studiere die Architektonik moderner Gelehrsamkeitstempel!

Herrn Ewald Brocks Beschäftigung war leider um ebensoviel unerfreulicher wie sie unästhetischer als die Pauls war. Daß er ein Tänzer wäre statt eines Medizinbeflissenen! Resigniert blickte er, so weit es ging, an seinem Bauch hinab. Himmlische Güte, was für ein Stück Fleisch wird man mit der Zeit! Das kommt von diesem vielen Sitzen hinter den Büchern.

Es kann nicht verschwiegen werden, daß Herr Ewald Brock zu Beginn seiner Garçon-Ehe die Tendenz zu einer gewissen beschaulichen Passivität hatte. Wozu studieren, wenns einem auch ohne dies so gut geht? Aber in dieser Hinsicht huldigte Paul ganz anderen Ansichten. Sie entwickelte Grundsätze von einer erstaunlichen Neigung fürs akademisch Löbliche. Als ob sie eine Gouvernante wäre, dazu bestellt, Herrn Ewald Brock zum Fleiße anzuhalten, ward sie nicht müde, immer und immer wieder an die Kollegs, an die Kliniken zu erinnern, ja, sie scheute sich gar nicht, selbst von den Stationen des Staatsexamens zu reden. Zwei hatte Herr Brock thatsächlich hinter sich. »Nu, hopla, die andern!« meinte Paul in ihrem weiblichen Eigensinn. »Weißt du, mein Dickes, in zwei Jahren allerspätestens muß die Geschichte geschehen sein. Du siehst, ich drängele nicht, aber länger darfst Du Deinen guten Alten wirklich nicht kränken. Schließlich wird er wild und heimst Dich ein. Na, und dann?«

Verflucht ja, und dann!

»Kind, Du mußt nicht an die Zukunft denken. Es ist, hä, es ist dumm, an die Zukunft zu denken. Man verekelt sich bloß die Gegenwart damit. Hakschebaksche, wie die weisen Greise in der Türkei voll Tiefsinn sagen. Lasset uns tanzen und fröhlich sein, denn es wäre möglich, daß wir morgen die Gicht hätten.«

Aber das Kind machte seine braunen Augen weit auf, so weit wie das Mädchen auf dem Pear-Soap-Plakat, und sprach:

»Laß Du die türkischen Greise sagen, was sie mögen, Dickes. Wir kriegen die Gicht noch lange nicht. Aber wer in Leipzig faul ist, muß in Halle streben. Daher ist es besser, in Leipzig nicht faul zu sein und an morgen zu denken. Thust *Du's* nicht, thu' *ich's*.«

Und, beim Himmel, sie that's recht ausgiebig und ermangelte nicht, auch Herrn Ewald Brock daran zu erinnern. Sie massierte ihn förmlich mit Ermahnungen. Wenn er das Mädchen nicht wirklich lieb gehabt hätte, wär er ihr längst durchgegangen.

So in der Fuchtel war er weiß Gott nicht einmal in Halle gewesen. Zu nachtschlafender Zeit bereits, früh um neune, holte Paul sein müdes Fleisch aus den Federn. Er wehrte sich mannhaft, wurde groß sogar, und die Not erleuchtete seine Phantasie zu kühn erfundenen Ausflüchten: Daß er Influenza habe, daß er nervös werde durch ungebührlich frühes Aufstehen, daß das lange Schlafen erblich sei bei den Brocks ... Nichts half. Seine Lebensweise wurde umgekrempelt wie ein paar Hosen beim Ausklopfen. Es war keine Möglichkeit mehr, bis um elf zu schlafen, dann auf den Grimmschen Bummel, dann zum Frühschoppen ins Korpsstübchen und abends um sechs Uhr zum Mittagstisch zu gehn, um sich stark und tüchtig zu machen für lehrreiche Nachtwandelungen mit Stilpe. Stilpe war überhaupt abgeschafft.

»Das ist kein Umgang für Dich,« sagte Paul. »Stilpe soll alleine versumpfen, bis er's selber dicke kriegt. Der frißt sich schließlich auch ohne Staatsexamen durch. Ein Klappenwerk wie seins kommt nie aufs Trockene. Paß auf, er wird mal Journalist oder sonst was Gemeinnütziges und verdienst sich ganze Hüte voll Geld. Aber Du, mein Dickes, was willst denn Du machen, wenn Du kein Staatsexamen machst?«

»Paul, Du mußt mich nicht für ein Nilpferd halten; das ist beleidigend.«

»Na, so mach Dein Staatsexamen, daß ich sehe, wie gescheit Du bist!«

»Werd' ich machen, Paul, werd' ich! Verlaß Dich, hä, verlaß Dich darauf. Aber ich bitte Dich: Nicht drängeln! Ich bin das nicht gewöhnt. Es macht mich, hä, nervös macht mich's. Du siehst ja, wie ich in den Kliniken herumstrebe. Seit drei Wochen stirbt hier kein klinischer Fall, den ich nicht Dir zu Liebe studiert hätte!«

»Ja, weil ich Dich hinführe, Dickes. Alleine gingst Du nie!«

Herr Ewald Brock lächelte bei diesen Worten.

»Was giebt's denn da zu feixen, Dickes?«

»Ich lächle Dir Dank, mein unentwegtes Mädchen. Komm, führ Dein Lamm auch heute zur Schlachtbank!«

Dieses Fragment aus einem Frühstückstischgespräch im Brock-Holunderschen Hause möge einen Begriff von den erzieherischen Praktiken geben, mit denen die merkwürdige Schlangendame das schwache Fleisch ihres möblierten Herrn höheren Zielen zuzuführen bestrebt war.

Schon bei der Wahl der Wohnung hatte sie das Studium Herrn Ewalds im Auge gehabt. Ihm wäre es angenehm gewesen, mitten im Weichbilde der Stadt, der Grimmaischen Straße nicht allzufern, am liebsten im Hause der Friedrich Wilhelm Krausischen Weinstube zu wohnen, deren kalte Küche ihm als der Ausbund alles pikant Nahrhaften erschien. Aber Paul bestand auf dem öd unerfreulichen Mediziner-Viertel, wo in aufdringlicher Protzigkeit immer ein Hörsaal neben einer Klinik steht.

»Siehst Du,« sagte sie, »hier hab ich's gerade so nahe zur Markthalle, wie Du zu Deinen Professoren.«

Und richtig, Tag für Tag, wenn sie ihren Marktkorb nahm, mußte er seine Instrumententasche nehmen und sich von ihr, ob sich sein Stolz auch bäumte, zu seinen Instituten führen lassen.

»Was müssen die jungen Semester denken!« mahnte er. »Du sollst kein Ärgernis geben, Paul, steht in der Bibel!«

»Sag ihnen lieber, daß sie mich nicht so jugendlich angrinsen sollen. Es ist wahrhaftig kein Vergnügen, sich von diesen Jünglingen anstarren zu lassen. Sei froh, daß ich Dir das Opfer bringe. Wär's nicht nötig, thät ich's nicht.«

Es war in der That keine Annehmlichkeit für Paul, ihren dicken Knaben zur Schule zu bringen, und sie lief immer sehr schnell ihres Weges, wenn sie ihn glücklich abgeladen hatte.

Eines Tages begegnete sie, wie sie von der Markthalle kam, Stilpen. Der hatte keinen geringen Ärger auf sie, denn er wußte, daß sie es gewesen war, die ihm den grauen Cylinder abspenstig gemacht hatte.

»Mädchen,« sprach er, »Deine Tugenden stinken zum Himmel. Ich erlebe es noch, daß Du Präsidentin des Vereins zur Rettung gefallener Mediziner wirst. Pfui, welch ein niedriger Ehrgeiz! Und das nennst Du Liebe, Woglinde! Ach, wüßtest Du, wie's wohlig ist dem Fischlein in der Flut! Ach, könntest Du sehen, mit was für sorgensauerem Gesichte der gute Ewald jetzt zum Frühschoppen schleicht!«

»Er schleicht mit gar keinem Gesichte zum Frühschoppen, mein Lieber! Ich wollte, Du gingest auch dahin, wohin ich ihn führe.«

Das kann ich nicht, Woglinde, maßen ich nicht die Ehre und das Vergnügen habe, ein I. A. C. B. zu heißen, was auf deutsch ein inaktiver Korpsbursche heißt ich nicht etwa von der Vokalmusik der Esel herzuleiten ist.«

»Red keine Rätsel!«

»Rätsel? Wie, Du bist die Vertraute eines Korpsburschen und weißt nicht, daß nur Korpsstudenten des Eintrittes ins Korpsstübchen gewürdigt werden?«

»Dummes Zeug! Ewald geht nicht mehr ins Korpsstübchen.«

»Oh Du ländliche Unschuld! Oh du armes, schnöde betrogenes Geschöpf! Sie schwebt auf reinen Sohlen durch die Gemüsestände und kauft naiven Herzens Sellerie, indes der gewissenlose Heuchler lichtenhainert, daß die Korpsfüchse vor Bewunderung epileptisch werden!«

»Ist das wahr, Stilpe?«

»So wahr als dies hier ein Selleriekopf ist.«

»Aber wie ist denn das möglich!«

»Mädchen! Mädchen! Studiere die Architektonik moderner Gelehrsamkeitstempel!«

»So red mal deutsch!«

»Wenn aber meine Worte dann Keulen sind, die Dein Vertrauen zu Blei zermalmen?«

Er meinte: Brei.

»Herrgott, die Klappe! Willst Du vernünftig reden oder nicht?«

»Auf Deine Rechnung und Gefahr, unbegreifliche Vestalin! Ich halte Dich nicht, wenn Du in Ohnmacht fällst! Also kurz und infam: Die medizinischen Institute dieser berühmten Stadt erfreuen sich nicht nur einer Eingangspforte, die vorne, sondern auch eines Ausfallsthores, das hinten ist. So sind sie für Herrn Ewald Brock recht wohl geeignet, als Durchgänge zum Thüringer Hof benutzt zu werden.«

»Ich danke Dir, Stilpe. Du bist doch ein guter Kerl. So einen Gefallen kannst Du mir wieder mal thun. Willst Du Sonntag bei uns zu Mittag essen? Es giebt Schöpsenbraten mit Wickelklösen.«

»Ist das Deine Ohnmacht, abgebrühte Schlange? Aber frage nicht, ob ich will! Ah, was muß eine Schlangendame für Wickelklöse machen! Denn der Wickelklos war, wie schon Winkelmann und nach ihm der große Roscher in Wurzen nachgewiesen, bereits zu den Zeiten der olympischen Spiele das Wappentier der Schlangendamen. Aber könntest Du statt Schöpsenbraten nicht ein weniger anzügliches Gericht dazu geben?«

»Du sollst extra Schnepfendreck dazu kriegen, Du Rüpel! Aber ein guter Kerl bist Du doch!«

11. Kapitel

Ich bin doch nicht Dein Alter!

Paul ließ sich gar nichts merken. Sei fragte an jenem Tage der Enthüllung Herrn Ewald Brock, wie er zu Tische kam, harmlos und wie voll Mitgefühl: »Na, wieder was dazugelernt, mein Dickes?«

Und Herr Ewald Brock hatte wirklich die Frechheit, mit der Miene eines auf dem Roste gebratenen Heiligen zu antworten: »Den Kopf wird mir's zersprengen nächstens.«

Und Paul, ganz Mitleid und güteheißes Erbarmen: »Armes, geplagtes Dickes! Zur Belohnung sollst Du auch Stilpen wieder sehn. Ich hab ihn für Sonntag zum Mittag eingeladen. Siehst Du, wenn Du brav bist, giebt's auch immer was Extra's.«

Herr Brock gab ein Gemurmel von sich.

Am nächsten Tage aber, als Paulchen Herrn Ewald vor dem Institut für Geburtshilfe abgeladen hatte, ging sie nicht in die Markthalle, sondern lief, was sie konnte, um den Garten des Institutes herum und stellte sich hinter eine Anschlagsäule, die dem hinteren Ausweg des Gebäudes gegenüber steht. Und es dauerte nicht lange, siehe, da schritt aus dem offenen Portale mit fröhlichen Schritten Herr Ewald Brock. Das Monstrum war so fröhlich, daß es vor sich hin pfiff. Auch schlug er mit seinem Spazierstock eine steile Terz in die Luft. »So ein Aas!« dachte sich Paulchen und trat ihm in den Weg.

Sie sagte weiter nichts als »Na?«, aber es war ein »Na?«, das Herrn Ewald in die Gedärme fuhr.

»Paulchen!« sagte er, »Du hier?«

»Ja, ich hier. Aber Du? Wo bist denn Du?«

»Ich? Ja, weißt Du, hä, ich war bloß mal . . .«

»Was warst Du bloß mal? Schäme Dich, Dickes! Ich bin doch nicht Dein Alter, daß Du denkst, Du kannst mir was vorschwindeln! Nein, Ewald das ist wirklich gewöhnlich von Dir. Wie ein Schuljunge, der hinter die Schule läuft! Weiß Gott, Du, ich gehe zu Deinen Professoren, reihum geh ich, und erkundige mich, ob Du regelmäßig kommst. Ich blamier Dich, wenn nichts anderes hilft. Es ist ja ... Pfuiteufel nochmal! Das hätt ich nicht von Dir gedacht!«

Herrn Ewald Brock wurde ganz blümerant, wie er sie so reden hörte, so bestimmt und so besorgt, so ... Es war ja wahrhaftig wie die guten Lehren seiner Mutter. Bloß in den Worten war der Unterschied. Im Tone war es ganz dasselbe. Es packte ihn. Er kam sich ganz miserabel vor.

Und er sprach, indem er sich auf die Unterlippe biß: »Na ja, hä, ja, Du .... Du hast recht. Hä, wirklich. Du hast ... Ja ... recht hast Du. Es ist nicht, hä, schön von mir. Positiv recht hast Du. Ganz positiv! Ich hab mir's, hä, auch schon selber gesagt, weißt Du. Positiv selber ... Ja. Es ist wirklich elend von mir, daß ich so ... Aber laß gut sein! Wirklich! jetzt will ich ... siehst Du ... Jetzt geh ich sofort zurück ins Institut!«

»Ja, und vorne wieder raus!«

»Nein, Paul, nein, Du kannst Dich darauf verlassen. Warte! Ich werde Dir mein Wort darauf geben. Mein Wort! Siehst Du, hä, dann kann ich ja nicht anders! Mein Wort also!«

»Gut; das wirst Du ja wohl halten. Ich glaube Dir. Aber das Wort gilt nicht bloß für heute!«

»Nein, nein, natürlich, das gilt, hä, das gilt für immer. Wirklich! Du brauchst auch gar nicht mal mehr mit bis hin zu gehen. Positiv, mein Wort! Für immer!«

»Na, so geh also, infames Dickes, Du! Geh! Mach! Schnell!«

Und sie lachte ihn so glücklich an, daß er selber wieder fidel wurde und sprach: »Hakschebaksche, Paul, ich habe eine rasende Lust auf Gynäkologie!«

Sie sah ihm vergnügt nach und schickte ihm hinter der Anschlagsäule her eine Kußhand.

In ganz Europa gab es keinen fröhlicheren Gynäkologen heute, als Herrn Ewald Brock.

12. Kapitel

Aber das streift ja ans Aschgraue!

Am nächsten Sonntag entwickelte sich das Mittagessen bei Schlangendamens, wie Stilpe das Haus Brock-Holunder nannte, zu einem heiter-feierlichen Gelage.

Herr Brock war in Frack und weißer Binde, Paul hatte das »berühmte seidene« an, das zur Erzielung eines soliden Eindruckes zugleich mit den Möbeln gekauft worden war, und Stilpe erschien in einem hochkragigen braunen Bratenrocke, dessen Schnitt an die Zeit der Biedermeierromantik erinnerte.

Gleich wie er ins Zimmer trag, ließ er alle Register seines Klappenwerkes los: »Träume kommen aus dem Bauche sagte jene Canaille, ehe sie sich aufknüpfte. Pfui, was für ein würdeloses Axiom! Ich tilge es aus dem Buche der Weltweisheit und schreibe dafür mit Zinoberzügen hin: Träume kommen aus der Erkenntnis!«

Sprach's und ließ sich in den Schaukelstuhl fallen, daß er wippte.

Herr Ewald Brock knöpfte seinen Frack auf, strich sich über den Leib und sagte: »Mehlsuppe!«

»Kleingläubiger!« erwiderte Stilpe. »Denkst Du, daß Dein roher Hohn mich aus der Verfassung bringt? Bah! Mein Cerebralsystem ist robuster als Dein eintöniger Witz. Träume kommen, – wie sagte ich doch?«

»Aus der Erkenntnis, sagtest Du.«

»So? Sagte ich? Verwundersam! Was man nicht alles sagt! Aber merke Dir den Spruch, Ewald! Es könnte sein, daß er richtig wäre!«

»Nun bitte ich Dich, Mensch wie bist Du bloß, hä, auf den Unsinn gekommen!«

»Ich kam auf diesen Gedanken, wie ein Philosoph auf einen Gedanken kommt, d. h. der Gedanke kam zu mir. Was sollte ich anders thun, als ihn aussprechen? Er kam, also war er da. Er war da, also mußte er gesagt werden. Dies zur Entwicklungsgeschichte des menschlichen Geistes.«

In diesem Augenblicke trat Paul mit der Suppenterrine ein.

Stilpe erhob sich zeremoniös, küßte Paul die Hände und sprach: »Siehe, die Bundeslade, getragen von Gabriel, der Engel schönstem. Pulchra ut sol, clara ut lux. Ich will ahnungslos sein, wie jener Knabe Baron, dem ich gestern eine Bierzeitung vorlas und den Glauben beibrachte, es sei das Pronunciamento einer neuen Literaturrichtung, ja, ich will ein unantastbarer Strohkopf heißen, wenn unter diesem Deckel von gebrannter Erde nicht Kalbshirnklöschen schwimmen, sanft umspielt von allerlei Gemüsen. Ist es so, Woglinde?«

»Nein, aber Krebssuppe ist es,« erwiderte Paul. »Du, mein Lieber, bist *nicht* wert, davon zu essen, wenn Du Dich damit abgiebst, naive Gemüter auf den Leim zu locken.«

»Es ist schnöde,« bemerkte Herr Brock, »aber es sieht ihm ähnlich. Gieb ihm wenigstens keine Klöschen!«

»Sagte ich's nicht? Hatt' ich nicht recht? Klöschen schwimmen in jener Flut! Auf, laßt uns ein Lied zu Ehren der Klöschen singen! Mach Du indes die dicken Burgunderbäuche auf, Ewald! Wie aus dem durchschnittenen Halse jenes Sängers, den sie Orpheus nennen, quille in breitem Strome gemach der rote Saft. Ich will hoffen, daß irgendwo auch Sekt steht. Sähe ich ihn, so würde mir noch wohler sein, obwohl es mich auch so dichtert. Denn es dichtert mich immer vor der Suppe.«

Und Stilpe hatte die Niederträchtigkeit, folgendes zu singen:

> Sah ein Knab ein Klöslein stehn,
> Klöslein in der Suppe,
> War so jung und morgenschön,
> Lief er schnell, es nah zu sehn,
> S' war ihm gar nicht schnuppe,
> Klöslein, Klöslein, Klöslein rot,
> Klöslein in der Suppe.

Knabe sprach, ich breche Dich. . . .

Da fiel ihm Paul ins Wort: »Sing das Lied Deinem Baron als moderne Lyrik vor, Stilpe, aber laß uns damit ungeschoren. So ein schönes Lied zu verekeln! Ich möchte heulen, wenn ich bloß die Melodie höre, so wunderschön ist es. Und so ein ruppiger . . . . Na, mach, Ewald, die Suppe wird kalt!«

Aber Stilpe erwiderte: »Jetzt wird dieses erstaunliche Mädchen auch noch sentimentös. Mir wird es angst, ich fürchte mich! Menschen, sagt, was gehen hier für schwierige Sachen vor? Graue Cylinder gehen um in den Hörsälen, und Schlangendamen kochen Suppen, daß Nase, Aug und Ohr auf die Zunge neidisch werden. Aber diese mythologische Suppenvollkommenheit vermag es nicht, die zarteren Reize des gefühlvollen Mädchenbusens zu beeinträchtigen: Mathilde kocht nicht bloß, nein, sie schwärmt auch . . .! Ewald, wer hat Dir Deine Prinzipien gestohlen? Holunderin, wer hat Deine Tanzschlange gehäutet? Ich erlebe es noch, daß ich dieses Fabelheim als Hofprediger verlasse. Wachsen mir nicht schon Bäffchen, Woglinde?«

»Nein«, sagte Paul, »Du bleibst so ruppig, wie Du immer warst.«

»Aber an Weisheit nehme ich doch offenkundig zu, Mädchen. Ich bitte Dich, raube mir nicht diese Gewißheit. Gestern, als jener Baron, den ich schon einmal in dieser Gesellschaft zu nennen mir herausnahm, schwärmerisch sprach: ›Wahrlich, es ist ein herrliches Gefühl, mitschaffen zu dürfen, wenn auch als bescheidene Kraft, an den hohen und hehren Aufgaben dieser Zeit, und ich fühle so recht, daß auch ich,‹ – das übrige ist Nebensache, – wahrlich, da fühlte auch ich so recht, wie weise ich bin, und ich sagte zu dem erschütterten Knaben: kennen Sie mein Neuestes? ›Leider nein!‹ sagte das liebe Gemüt. Nun, so hören Sie! sprach ich und sang:

> Weise bin ich worden
> Wie der König Salomo,
> Stifte mir den Orden
> Zum gezähmten Floh.

Als ich fertig war, lauschte mein süßes Knäbel noch immer, denn er dacht', es komme noch was. Ist es nicht schön? sagte ich. ›Oh, ja‹ sagte er. Und tief? sagte ich. ›Zu tief für mich‹ klagte er. So warten Sie noch ein wenig, Herr Baron, sagte ich. Auch Ihre Zeit wird kommen. Halten Sie nur unentwegt fest an der Fahne Ihrer schönen Hoffnungen, edler Adelsmensch!«

»Sag mal Stilpe«, fragte Paul, »thut Dir die Zeit nicht leid, die Du mit solchem Unsinn verstreust?«

»Nein,« sagte Stilpe, »denn es ist mein Metier, die Zeit zu verstreuen, wie Du gar anmutig hinwarfst. Deshalb bin ich auch Dichter geworden seit vorgestern. Habt ihr mir das nicht an diesem loreleihaft schönen Bratenrocke angesehen? Auch unterrichte ich im Dichten. Jener Baron ist mein erster Schüler. Talent wird nicht verlangt. Nur Unentwegtheit.«

»Ich hoffe, daß das alles deine Deiner gewöhnlichen Lügen ist, Stilpe,« sagte Paul.

»Soll ich's Euch beweisen, daß ich dichte?« rief Stilpe, »soll ich Euch mein penetrantes Gedicht an die unentwegte Fahne vorlesen?«

»Nee, Stilpe,« entschied Herr Ewald Brock, »das thu' nicht. Rede soviel Unsinn, als Du magst, aber lies keine Gedichte vor.«

Und Stilpe redete in der That bis zum Nachtisch Unsinn in allerhand Schattierungen. Als aber der Kaffee an die Reihe kam und Paul hinausgegangen war, weil sie als Mieterin mit dem Hauswirt eine Besprechung hatte, wurde er ernsthaft.

»Du,« sagte er zu Herrn Brock, »was denkst Du Dir denn eigentlich, was Du mir schuldig bist, daß ich Dir Mathilden beigelootst habe?«

Herr Brock reichte ihm cordial die Hand und sagte: »Danke!«

»Ich glaube, Mann, Du weißt gar nicht, was Du an dem Mädchen hast! Ich hab's ja auch jetzt erst gemerkt, was für ein Frauenzimmer das ist, was für eine ganz unglaubliche Person! Ich trau' mir kaum noch, sie mehr Du zu nennen! Die hat ja mehr intus, als Du und ich zusammen! Das ist ja gar keine Schlangendame mehr! Das ist ja eine

Frau, vor der man knien sollte! Du bist ja diese eminente Person nicht im allerentferntesten wert! Gott straf mich!«

»Nu, nu,« sagte Herr Brock, der beim Verdauen war, »einen bunten Hund brauchst Du mich deshalb nicht gleich zu nennen. Aber es freut mich, daß Du dahinter kommst, was, hä, was für ein Kerl Paul ist. Ein *Kerl* sag' ich Dir! So was lebt nicht! Wenn ich jemals Staatsexamen mache, so ist sie schuld dran! Niemand sonst!«

»Du gewiß nicht,« pflichtete Stilpe bei.

Und Herr Ewald stand auf, ging auf Stilpe zu, klopfte ihm mit dem rechten Zeigefinger feierlich auf die Schulter und sagte: »Und wenn ich ihr das jemals vergesse, so bin ich ein ganz gewöhnlicher Hallunke!«

Sprach's und begab sich wieder zurück an den Ort, da er zu verdauen gewohnt war.

Stilpe aber sprach: »Weißt Du was, heirate sie zur Belohnung!«

Da erhob sich Herr Ewald Brock zum zweitenmale. Diesmal sehr schnell, ging wieder auf Stilpen los und sah ihn nicht eben freundlich von oben bis unten an. Als Kommentar zu seinen Blicken bemerkte er bloß: »Du, das sag ich Dir! Davon laß' Deine Witze!«

»Aber Scherz ohne, Ewald! Ich wüßte nicht, was Du gescheiteres thun könntest!«

Herr Brock saß bereits wieder und hatte seinen alten ruhigen Ton: »Aber Stilpe! Wo denkst Du hin! Mein Vater wird nächstens Geheimrat werden. Gott, das Geheule, wenn ich mit einer Schlangendame angezogen käme.«

»Und Serpentine-Cancanöse. Tja! . . . Dumm! . . . Schade! . . . Aber mußt Du denn gleich alles verraten? Kannst Du die Schlangendame nicht unterschlagen und bloß die Pfarrerstochter aktiv werden lassen?«

»Was für eine, hä, Pfarrerstochter?«

»Na, das hat sie Dir doch wohl erzählt?«

»Nee, was denn?«

»Was, das hat sie nich? Aber das streift ja ans Aschgraue! Das is ja
so zu sagen übermenschlich!«

»Wenn ich nur wüßte, was!«

»Na, daß sie sich Dir nicht als Pfarrerstochter vorgestellt hat.«

»Quatsch nich!«

»Aber wenn ich Dir's sage! Ernstlich! Sie hat mir's selber mal erzählt, damals, wie ich sie kennen lernte. Sie litt gerade an so 'ner
kleinen Gemütsdepression, weißt Du, wie's in den besten Familien
vorkommt, wo man durchaus jemand haben muß, den man am
Westenknopf nimmt und nicht eher losläßt, als bis er den ganzen
p. p. Jammer erfahren hat. Na, und sie verfiel auf mich, weil ich
gerade auch so deprimiert und für Elegieen milde empfänglich war.
Nämlich dann bin ich nich so ruppig wie Du denkst. Herrgott, Du
weißt ja selber, was moralischer Jammer ist, hoff ich. So mürbe ist
einem, so müde, matsch und marode. Man kommt sich vor, wie
eine Kommode, in der der Wurm schleicht und picke-pick macht.
Vermoulu, nennen's die Franzosen, wie mir Mathilde damals sagte.«

Stilpe machte eine Pause. Aber Herr Brock war ungeduldig und
sagte: »Komm doch zur Sache, Mensch! Siehst Du denn nicht, daß
ich endlich wissen möchte!«

»Na, Gott, es ist kein Roman. Es ist eine Geschichte, häufiger als
Selbstmord. Also: Der Vater ein Pastor im Schlesischen, die Mutter
eine Französin. Wie sich die Menschen manchmal finden und men-
gen. Im Himmel liebt man die Ragouts. Der Alte hatte das Mädchen
aus der Fremde im Schlosse eines dieser schlesischen Großgrafen
kennen gelernt, wo er die jungen Edelbuben als Präzeptor, sie die
kleinen Komtessen als Gouvernante striegelte. Und so wurde aus
dem schlesischen Gottesmanne und der netten fidelen Französin,
NB. wie sie sich geheiratet hatten, unsere, pardon: *Deine* Mathilde.
Und das ist nun ihr ganzes Verhängnis: Daß sie aus zweierlei Blute
ist. Sie hat's einfach nicht aushalten können zu Hause und ist
durchgebrannt, wie die Mutter gestorben ist und die Pfarre in Frie-
denberge, oder wie das Nest heißt, *ganz* langweilig wurde. In Bres-
lau ist sie zum Ballet gegangen. Da hat ihr aber die Schuhriegelei
auch nicht gefallen, und, fix wie sie ist, hat sie sich unter der Anlei-
tung von so 'nem Impresario ihre Spezialität zugelegt. Damit ist sie

dann weit herumgekommen, in London, Brüssel, Paris, was weiß ich!«

»Das hat sie mir erzählt, wo sie überall war.«

»Na ja, und schließlich hat sie bemerkt, daß der Impresario sie schauderhaft betrog, und da hat sie ihm den Laufpaß gegeben, was sehr temperamentvoll, aber nicht gescheit war. Denn nun ist sie ein bißchen unter die Räder gekommen. Hat's nicht verstanden sich selber zu managen, wie die vom Brettl sagen. Daher der Name Stadtgarten. Hör' mal: Das hast Du doch hoffentlich gemerkt, daß sie keine von den ortsüblichen Trampelfüßlerinnen ist!«

»Hä, natürlich! Natürlich! Aber, daß sie mir nicht . . .«

»Ja, daß sie Dir *davon* nichts gesagt hat, ist wirklich . . . Du, ich finde, das ist doch eigentlich fabelhaft anständig von ihr. Das is doch . . . nich?«

Herr Brock machte ein bekümmertes und ratloses Gesicht: »Ja, das ist . . . Aber das *hilft* mir ja doch nichts! Das ist ja, das ist ja eine *verdammte* Chose! Jetzt wird die Geschichte ja *ungemütlich* für mich. Am Ende . . .«

»Was am Ende?«

»Am Ende denkt sie selber ans Heiraten!?«

»Das glaub' ich nicht.«

»Es wäre auch gräßlich! Denn daran *ist* ja gar nicht zu denken!«

Herr Brock stand wieder auf und bewegte sich schnaufend durchs Zimmer.

Stilpe aber geleitete ihn mit folgenden klugen und tröstlichen Worten nach und nach wieder zu seinem Verdauungsstuhle: »Hab keine Angst. Sie denkt bloß ans Bemuttern. Glaube mir, der ich seit vorgestern ein Dichter bin! Der alte Holunder aus Schlesien ist einfach zum Durchbruch bei ihr gekommen. Und nun seelsorgt sie ein bißchen für Dich. Eines Tages aber wird wieder die alte Dame aus dem Lande Oui aktiv in ihr werden, und dann, mein Sohn, wirst Du ihr zu dick und phlegmatisch sein. Plötzlich wirst Du verwaist in diesem bauchigen Stuhle sitzen und nach den paulinischen Wickelklösen seufzen. Sei klug, gräme Dich nicht und laß Die keine grauen

Gedanken wachsen. Laß vielmehr, so lange es Dir beschieden ist,
Deine Seele von ihr retten und diesen imposanten Leib pflegen.«

13. Kapitel

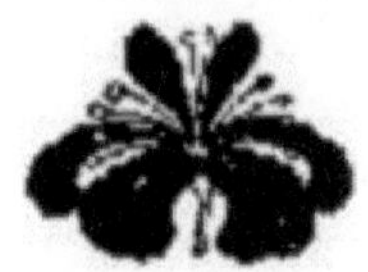

Am Abend desselben Tages, als Stilpe gegangen war, rückte Herr Ewald Brock sofort mit dem heraus, was ihm Der gesagt hatte. Es war ihm ganz unmöglich, es bei sich zu behalten. Es schob sich in ihm umher wie eine Wanderniere. Es war ihm, als trüge er einen Fremdkörper in der Magengegend mit sich herum. Er fühlte, daß etwas Bedrohliches über seiner friedlichen Existenz hing.

Er enthüllte, was er erfahren hatte, in einem schweren, vorwurfsvollen, bangen Tone, und er klavierte dabei recht erregt mit seinen Fingern auf dem Tischtuche, er, das Bild sonst innig gefesteter Ruhe.

Aber Paul nahm's gar nicht feierlich:

»Hat er dirs nun glücklich ausgefrachtet, der Gute? Ich sag's ja, der Mann ist zum Journalisten geboren. Er kann nichts für sich behalten. Und hast Du geweint, mein Lämmchen, über die rührende Geschichte?«

Aber Herr Ewald Brock ging nicht auf diesen Ton ein. Obwohl das Fett am menschlichen Antlitz zur Entfaltung würdigen Ernstes hinderlich ist (weshalb die meisten Pastoren bei ihren seriösesten Stellen so komisch aussehen), so brachte er es doch zu einem ganz respektablen Ansatze einer tragischen Maske, indem er sagte:

»Ach, Paul, Du glaubst nicht, wie mich das, hä, ergriffen hat!«

»Ich glaube Dir's schon, mein gutes Dickes, ich weiß ja, was Du für ein weiches Lämmerschwänzchen bist trotz Deines grauen Cylinders und der vielen verlassenen Konfektionösen. Aber, weißt Du, die Geschichte ist wirklich nicht so rührend, wie sie vielleicht aussieht. Ich wenigstens, na, ich bin recht gut dabei gefahren. Ich will gar nicht davon reden, daß ich Dich, mein Dickes, niemals gekapert haben würde, wäre ich ewig das Gänschen aus dem Pfarrgarten geblieben. Ich hätte wohl kaum gewagt, meine Augen zu einem grauen Cylinder zu erheben, und Du würdest, wenn Du mich in meiner Konfirmandenmantille, die mir bis zum 19. Jahre anhaftete, gesehen hättest, kaum Haksche-Baksche gesagt haben. Ich wäre Dir übelriechende Luft gewesen wie jene armen Hallenserinnen, die Du heiraten sollst. Nein, abgesehen davon auch, ich bin heilfroh, daß ich die Kurasche gehabt habe, ins Leben zu laufen aus diesem gräßlichen grauen Hause mit den ewigen Chorälen. Siehst Du, mein guter Junge, davon hast Du wohl kaum eine Ahnung, wie's Einem zumute ist, wenn man Beine zum Tanzen hat, und man soll immer blos Schrittchen her und Schrittchen hin machen: von der guten Stube in die Küche, von der Küche in die Kammer, von der Kammer in die Kinderstube. Herrgott Du, was war das für ein entsetzliches Leben! So lange meine Mutter lebte, ging's ja. Das war doch eine Französin, wenn auch eine protestantische. Die konnte lachen! Die konnte singen! Weißt Du, sie sang die Chansons von Lisette! Vater entsetzte sich schon vor den Melodien. Der gute Vater! Wenn er den Text verstanden hätte! Ich glaube, er hätte das Haus ausschwefeln lassen. Und einen Humor hatte sie! Dem war nichts heilig. Auch Vaters Predigten nicht. Manchmal übersetzte sie sie ins Französische und hängte ihnen Nutzanwendungen an in einem kollernden Pathos, daß man hätte schreien mögen vor Entzücken. Und wie sie es sprach, das Französische! Es war wieder ein Glockenspiel . . . .«

Sie ging an's Clavier und sang:

> Gaité, persévère;
> Amis, votre main.
> Lise, emplis mon verre;
> Eh! vite en chemin!

»Deinen Vater hast Du wohl nicht so lieb gehabt?« fragte Herr Ewald.

»Nein.«

»Lebt er denn noch?«

»Ich weiß nicht.«

»Und du hast, hä, gar keine Sehnsucht? Wie?«

»Gar keine.«

»Das ist aber doch, hä, das ist doch merkwürdig. Nich?«

»Kann sein.«

»Ich begreife das nich, Paul. Ich bin doch'n Mann und ziemlich, hä, ruppig in meinen Gefühlen, aber so ganz ohne, hä, ohne Familiensinn zu sein, das ist mir doch, das geht mir doch, hä, über die Hutschnur.«

»Ja ja, mein Dickes, und deshalb hab ich Dir auch nichts von meiner guten, meiner schönen, meiner anständigen Herkunft erzählt. Du bist ein so liebes und unerfahrenes Herrgottschäfchen, daß ich Dich schonen wollte. Du bringst es zwar fertig, Deinen guten Alten zehn Jahre unausgesetzt zur Verzweiflung zu bringen, indem Du das Gegenteil von dem thust, was er für recht hält, aber Du wärest gewiß nicht imstande, ihm zum Trotz etwa Baß-Buffo zu werden, Du pietätvolles dickes Tierchen!«

Herrn Ewald Brock war bei diesen Worten zu Mute, als hätte ihm soeben jemand mit einem breiten, dicken englischen Absatz auf sein ältestes Hühnerauge getreten. Er machte ein wehevolles Gesicht, an dem Physiognomiker zu erkennen vermocht hätten, wie er einst als zahnendes Baby ausgesehen hatte, und sagte: »Ja, natürlich, Dir wäre es freilich lieber, wenn ich so ein, hä, Tingeltangelmensch wäre. Verachtest mich wohl, weil ich kein ›Künstler‹ bin? Hä? Ich bin Dir wohl zu gewöhnlich!?«

»Nein, mein Dickes, Du bist mir gerade recht. Sonst würd' ich mich nicht so abquälen mit Dir. Bloß, Du mußt Dir nicht einbilden, daß es eine Tugend ist, wenn man kein Temperament hat. Siehst Du, das Temperament, das ist schuld daran gewesen, daß ich aus dem Pfarrnebel davon gegangen bin. Farben wollte ich, Luft, Menschen, Tumult, Leben. Ich wollte Arme und Beine rühren und laut reden dürfen. Ich erstickte da hinten in dem tristen Immerwiederdasselbe. Ich fühlte mich, weiß Gott, nicht zu Hause in dieser Pfarre. Mein liebster Gedanke war mir, wenn ich mir einbildete, mein Vater wäre gar nicht mein Vater, ich wäre gar nicht die Pfarrerstochter von Freienberge, nein, ich wäre eine verwunschene Prinzeß, so eine ganz feine und schöne, und eines Tages würde ein

wundervoller Prinz mich holen in einer goldenen Kutsche mit vier
Schimmeln. Kennst Du das Lied? –:

> Komme doch, komme doch, komm in mein Haus,
> Herzensprinz, laß mich nicht warten,
> Führ mich doch, führ mich doch, führ mich hinaus,
> Der Mond steht über dem Garten.
>
> O, sieh, wie sein Silber die Beete beglänzt,
> Die Blumen sind wie aus Seide,
> Ich habe mein Haar mit Rosen bekränzt,
> Ich warte in mondweißem Kleide.
>
> Komme doch, komme doch, nimm mich mit Dir,
> Herzensprinz, laß mich nicht warten,
> Und kommst Du nicht balde, so sterbe ich hier,
> Der Mond steht über dem Garten.

Das Lied hat auch eine schöne Melodie. Soll ich sie Dir vorspielen?«

»Ja, spiel nur.«

Und Paul spielte und sang das Lied. Wie es zu Ende war, sprang
sie schnell auf, ging auf Herrn Brock zu und gab ihm einen Kuß,
daß es schallte. »Da, mein Prinz!«

»Hä, ich komm' mir eher vor wie der p. p. Mond.«

»Unsinn, der *Prinz* bist Du. Allerdings, damals hab ich ihn mir
anders vorgestellt. Nicht so umfangreich und mit mehr Haaren;
weißt Du, so einen richtigen Bilderbuchprinzen mit langen Locken
und einem Barett drauf und einem rotseidenen Mantel. Heute ist
das mein Geschmack nicht mehr. Hast Du Dir nicht auch mal eine
Prinzessin eingebildet, Dickes?«

»Nee, weiß Gott, das hab ich nich.«

»Siehst Du, deshalb bist Du auch nicht durchgebrannt. Sei übrigens froh. Wenn man sich solche Märchenmenschen vorstellt, gefallen einem manchmal die Zeitgenossen nicht recht. Wenn ich denke,
wie viele Katzenjammer ich erleben mußte, ehe ich daran glauben

lernte, daß es keine Märchenprinzen giebt . . . Pfui Teufel, was für Gesindel ist mir über die Seele gelaufen!«

Sie schüttelte sich. »Bloß das Tanzen hat mir darüber weg geholfen, und daß ich meinen Leib so nach Gefallen recken und strecken durfte. Armes Dickes, daß Du nicht weißt, wie wohl das thut. Oh, Du, wenn so die breiten Lichter über mir wechselten, und ich wußte von nichts mehr als von meinen Armen und Beinen, wie sie der Musik folgten. Ah, diese köstliche Mühe, die eine Lust ist, dieses wundervolle Gefühl, seine Wollust darzustellen. Ich bin mir immer wunder was vorgekommen, wenn ich oben stand.«

Herrn Brock kam ein ängstlicher Gedanke: »Sag mal, Paul, hä, schließlich sehnst Du Dich nach dem Brettl?«

»Nein, ich sehne mich nicht. Ich wundre mich selber, daß ich mich nich darnach sehne. Ich muß wohl sehr verliebt in Dich sein. Es ist unbegreiflich.«

»Hä, was? Was ist unbegreiflich?«

»Daß ich Dich so gerne habe, Du Klos. Das ist gerade so unbegreiflich, wie daß meine Mama meinen Vater hat gerne haben können.«

»Ach, Paul, bei Deiner Mutter, hä, da war es doch noch was andres.«

»Wieso?«

»Na, Dein Vater hat sie doch schließlich geheiratet . . .«

Kaum hatte Herr Brock das in aller Harmlosigkeit gesagt, da sprang Paul auf, sah ihn aus großen Augen erstaunt und verächtlich an, gab dem Stuhl, auf dem sie gesessen, mit dem Fuß einen Stoß und sprach: »Prolet, der Du bist.«

Herr Ewald Brock war sich über seinen Schrecken noch kaum klar, da war sie auch schon durch die Portière verschwunden.

Er bemühte sich vergeblich, in ihr Zimmer zu kommen.

14. Kapitel

Herr Ewald Brock hatte eine schlechte Nacht nach dem Gespräche, das von Paul so brüsk abgebrochen worden war. In seinem ganzen Leben war es ihm noch nicht passiert, daß er im Bette nachgedacht hatte. Heute mußte er auch das noch erleben.

Erst war's bloß wieder dieses inwendige Herumgewandere, dieser unangenehme Fremdkörper, der in der Magengegend hin und her rollte. Dann lichtete sichs ein bißchen, und Herrn Brock kam eine Empfindung, wie: Die Verhältnisse haben sich verschoben.

Das ist's! Aber wie denn? Ja, so: Paul stand nicht mehr neben, sondern über ihm.

Das war es.

Infames Gefühl! Bisher war es ihm, unbewußt zwar, aber im Effekt ganz deutlich, eine wohlthuende Empfindung gewesen, sich einzubilden, er habe Paul zu sich emporgezogen. kam es ihm auf einmal umgekehrt vor.

Aber nein: Das ging nicht! Wirklich nicht! Unmöglich! Ein ebenso unwürdiges wie unbequemes Verhältnis! Und so ungewöhnlich! Wider die Natur geradezu! Er erinnerte sich, ähnliches, aber lange nicht in dieser Stärke, empfunden zu haben, wenn ihm ein junger Fuchs zu gescheit gekommen war. Na, den hatte er ja bald kirre gekriegt. Er zwiebelte ihn mit Ganzen und Halben solange, bis er sich entweder duckte oder austrat.

Ob er wohl Paul'n würde ducken können?

Unsinn. Das war's ja eben, daß er so ganz machtlos, so positiv unten war.

Also mußte denn er das Feld räumen, er! Die Manneswürde erheischte es. Jawohl!

Aber kaum hatte er sich zur Höhe dieser Überzeugung emporgeschwungen, da wurde ihm zum Wimmern weh.

Ach Gott, es war aber doch so schön mit Paul'n zusammen! So mollig, so angenehm sicher. In seinem ganzen Leben war ihm ja noch nicht so wohl gewesen, obwohl er sich nicht besinnen konnte, jemals ein solcher Streber gewesen zu sein, wie jetzt.

Und das soll also aus sein? Richtig und radikal aus?

Wie er auf diesen Gedanken stieß, wälzte Herr Ewald Brock seinen Leib so gewaltig im Bett, daß die Matratze schmerzlich aufstöhnte und die Bettpfosten murrten. Dieser Gedanke war zu furchtbar. Er trieb ihm den Schweiß aus allen Poren.

Herrgott, Herrgott, Herrgott! Was sollte das werden?

Er sollte also wieder hinabgeschleudert sein in die haltlos flutende miserable Mange derer, die nomadenhaft in allerlei Kneipen herum essen und sich mit impertinenten Philösen und ihrem schmachvollen Kaffee abfinden müssen? Er, er sollte wieder Sonntags im Schloßkeller zu Reudnitz mit den skizzenhaften Mädchen anbandeln müssen, die, ohne Distancegefühl, alle Menschen wie die jüngsten Semester behandeln? Ach, und niemals würde er mehr auf dem Divan liegen und durch den Rauch seines Nargilehs sehn, wie ihre schönen, vollen, runden . . . .

Oh! Ohh!! Ohhh!!!

Er überstöhnte die Tonleiter der Matratze.

Aber nicht genug des Jammers. Tiefer noch ins schmerzende Fleisch der Pfahl. Ein Gedanke kroch ihn an, daß er sich entsetzt im Bette aufrichten mußte, als sähe er Gespenster: Himmel, was wird aus seinem Staatsexamen werden?

Verzweifelt fiel er zurück, und eine Bettplanke sah es ein, daß es vergebens sei, hier standhaft zu bleiben. Sie brach, und Herr Ewald Brock lag nun in einer Höhle, tief und unbequem. Aber diese Lage war Wollust gegen den Schmerz seiner Gedanken.

Nie, sagte er sich mit Entschiedenheit, nie wird er das Staatsexamen machen. Verbummeln wird er, versumpfen! Auf den Kathedern werden Leute stehn und lehren, die in Sexta saßen, als er die Universität bezog. Er wird der Spott der akademischen Jugend sein und sich irgendwohin verkriechen müssen. Und das Ende? Das Ende? Der Alte wird ihn, wie sich's gebührt, *ja, wie sich's gebührt,* enterben. Enterben!

Nochmals schwang er sich mit der Kraft der Verzweiflung im Bette empor, und nun wußte auch die zweite Planken keinen Ausweg mehr als brechen. Er aber lag wie im Grabe tief.

Recht so! Nur immer tiefer!

Doch da kam auch die Beruhigung. Seine Manneswürde war bezwungen und grollte nicht mehr. Er resignierte. Jedes Auftrumpfen mit derlei stolzen Dingen ist vergebens, ist umsonst. Es geht nicht. Er muß sich fest anklammern an Paul. Fratzenhaft, der Gedanke, fortzugehen. Er kann ja gar nicht. Und wenn all' das Widrige, das Kneipenessen, die Philösen, die inferioren Mädchen, ja, auch wenn das mit dem Staatsexamen nicht wäre, – er könnte doch nicht fort. Fest sitzt er. Verliebt ist er.

Dieser Gedanke schwang ihn zum Bett hinaus. Er lief zu Pauls Stubenthür. Er pochte. Erst leise, dann immer gewaltiger.

Keine Antwort.

Er rief. Er schrie. Er fluchte. Er bettelte.

Keine Antwort.

Er ließ den Kopf sinken. In seinem Nachthemde glich er, wie er so knickebeinig dastand, einem mittelalterlichen Büßer. Es war unrecht vom Monde, ihn in dieser Situation auch noch anzuscheinen.

Noch einmal klopfte er. Noch einmal flüsterte er sehr zärtlich: Paul!

Keine Antwort. Nichts.

Er wankte zum Bett und warf sich trostlos in die Matratzenhöhle. Da erkannte die dritte Planke, daß jeder Widerstand vergeblich sei, und brach. Nun lag er ganz bejammernswürdig. Tief ruhte der runde Schwerpunkt seiner Leiblichkeit, aber aufwärts strebten Beine und Oberkörper.

Doch was war das gegen den Schmerz seiner Seele? Die geknickte Linie seines Körpers war nur ein schwaches Abbild seines vielfach geknickten Herzens.

Es war ihm klar: Paul würde ihn verlassen. Schrecklich schnell war Stilpes Prophezeiung Wahrheit geworden. Er sah sich schon einsam in dem Polsterstuhle sitzen und vergebens die Arme nach ihr ausstrecken.

Mit diesem traurigen Bilde im Gemüte schlief er ein, und herzlose Träume verzerrten es ihm noch mehr.

Früher als sonst, obwohl er so schlecht geschlafen hatte, wachte er auf.

Ob sie schon fort war? Nein, er hörte sie mit den Kaffeetassen klappern.

Ach, wie war seine Stimme matt und bange, als er rief: »Paul?«

Kurz war die Antwort: »Komm doch!«

»Willst Du nicht erst eine Weile zu mir herein, Paul?«

»Nein; mach schnell!«

Gott, er mußte sich die Strümpfe selber anziehn. So würde es nun immer sein. Ach! Oh!

»Was stöhnst Du denn so?« fragte Paul mit unzärtlichem Gleichmut.

»Ach Gott, mir ist nicht wohl!«

»Mir auch nicht. Mach! Der Kaffee wird kalt.«

Äh, was für ein Gesicht sein Spiegel ihm zeigte. So sah seine Zukunft aus: Matte Augen und schwarze Ränder darum.

Ängstlich trat Herr Ewald Brock ins Zimmer. Da saß Paul am Kaffeetisch und las die Zeitung. Sag gar nicht auf.

»Was fehlt Dir denn, Paul?« wagte Herr Ewald zu sagen.

Da ließ sie das Blatt sinken, sah ihn groß an und sagte: »Hast Du's eingesehen?«

»Ja, Paul.«

»Na, dann ist's gut.«

Herr Ewald Brock war überglücklich. Er wollte gleich auf sie zu und sie umarmen.

Aber sie wehrte ab. »Nein, erst Dein Wort, daß Du nie wieder von solchen Gemeinheiten anfangen wirst.«

»Ich hab's ja nicht so gemeint, Paul.«

»Dein Wort!«

»Ja, Paul, ich gebe Dir mein Wort.«

»Du bildest Dir also nicht ein, daß ich von Dir geheiratet sein will?«

»Nein ich bilde es mir nicht ein.«

»Das ist Dein Glück.«

15. Kapitel

Paul! Himmelherrgott, Paul! Nein!? Ja!? Herrgott, Paul!

Von nun ab geschah im Leben Herrn Ewald Brocks und seiner Erzieherin eine ziemliche Weile, wohl drei Semester lang, nichts, das mich zum Erzählen reihen könnte. Es ist ein langweiliges und unerbauliches Geschäft, täglich der Wissenschaft nachzugehen, von der nur teuflische Frivolität behaupten kann, daß sie leicht zu fassen sei. Herr Ewald Brock entdeckte in ihr vielmehr eine überaus spröde Materie. Indessen, er ließ nicht ab, sich in sie einzubohren, und siehe, er nahm zu an Kenntnis und Erfahrung und klomm in einem zwar nicht hastigen, aber sicheren Tempo von Staffel zu Staffel, von Station zu Station des Staatsexamens. Nach jeder bestandenen Prüfung aber brachte er ein Bouquet nach Hause und sprach: »Das haben wir wieder mal sehr gut gemacht, Paul.«

Paul aber pflegte zu erwidern: Von Zeit zu Zeit seh ich den Schwarzen gern.« Sie meinte damit den Examenzylinder.

Schließlich war Herr Ewald Brock so weit, daß er ihn nur noch einmal aufzusetzen hatte. Da kam ein Brief seines Vaters:

Lieber Sohn!

Die verhältnismäßig schnelle Folge, in der Du nun endlich Deine Examenspflichten bis auf eine erledigt hast, läßt mich hoffen, daß auch diese letzte bald und löblich gethan sein wird. Ich freue mich herzlich dieser Hoffnung.

Du bist recht spät vernünftig geworden, lieber Ewald, und ich frage mich manchmal, was wohl der äußere oder innere Anlaß gewesen sein mag, daß Du Dich plötzlich aufgerüttelt und entschlossen hast, ein ersprießlich thätiges Leben zu führen, wie es sich für einen Mann in Deinen Jahren geziemt. Gleichviel, was der Grund sein mag, wir haben alle Ursache, ihm von Herzen dankbar zu sein. Ist es ein Mensch gewesen, der Dich vermocht hat, in Dich zu gehn, so wird es mir eine große und herzliche Freude sein, ihn kennen zu lernen und ihm meinen Dank auszusprechen. Ich wäre ihm so viel Dank schuldig, wie Deiner guten Mutter, denn durch ihn wärest Du uns ein zweites Mal geschenkt worden. Ich habe Dich schon zu den Verlorenen gerechnet, Ewald.

In diesem Zeitpunkt aber, da Du endlich an der Schwelle zu einem bürgerlichen Berufe stehst, ist es vonnöten, mancherlei ins Auge zu fassen. Ich weiß nicht, ob Du schon ans Heiraten gedacht hast. An der Zeit wäre es wohl. Du bist jetzt dreiunddreißig Jahre alt.

Deine Mutter, Du wirst es ihr nicht verdenken, hat bereits Umschau nach passenden Partien gehalten. Die geeignetste scheint ihr Fräulein Bertha Petermann zu sein, die Tochter des Dir ja wohl bekannten Pastors in unserer Gemeinde. Er hat Dich ja komfirmiert. Fräulein Petermann muß Dir auch bekannt sein, obwohl Du Dich freilich letzter Zeit in Halle kaum hast sehen lassen. Sie verkehrte viel mit Deinen Schwestern. Es ist ein ruhiges, gründlich gebildetes Mädchen, jetzt fünfundzwanzig Jahre alt.

Ich schreibe Dir alles dies, damit Du, wenn Du nach Absolvierung der letzten Station zu uns kommst, darauf vorbereitet bist, daß Mama Dir Vorschläge dieser Art machen will.

Nun sieh zu, daß Du die letzte Station bald hinter Dir hast. Und mach auch Deinen Doktor. Hast Du Dir schon ein Thema zur Dissertation überlegt?

Dein
treuer Vater.

Dieser Brief hinterließ in Herrn Brock junior fatale Gefühle.

Paul merkte seine Verstimmtheit und fragte: »Na, Gelehrtes, was ist Dir ins Weisheitsmagazin gefahren? Hast Du Angst vor der letzten?«

»Ich wollte, ich fiele durch!« sagte Herr Ewald mit einer beängstigenden Entschiedenheit.

»Ewa! Du wirst doch nicht .. : Du wirst doch nicht übergeschnappt sein vor lauter Gelehrsamkeit? Gott, was man für Sorge mit den Kindern hat! Schließlich bist Du wirklich so freundlich und fällst mir durch!«

»Ich bitte Dich, mach keine Witz!« jammerte Herr Brock, »da lies mal den Brief!«

Paul las den Brief, nickte ein paarmal ernsthaft mit dem Kopfe, legte ihn dann sorgfältig zusammen und sagte: »Ist das gründlich gebildete Mädchen hübsch?«

Jetzt wurde aber Ewald wild: »Herrgott, so sei ernsthaft!«

»Bin ich ja!« sagte Paul. »Das ist doch auch bei Hallenser Pfarrerstöchtern wesentlich, ob sie hübsch sind.«

»Es ist komplett schnuppe, ob sie hübsch ist,« schnaubte Ewald.

»Ich hätte Dich für wählerischer gehalten.«

»Herrgott!« Herr Ewald rollte die Augen.

Da that Paul erschrocken und erstaunt:

»Nu! Nu! Es scheint also, Du willst nicht heiraten?«

»Das Geburtshilf-Phantom werd' ich heiraten! Alle Spirituspräparate werd' ich heiraten! Den Professor Froscher werd' ich heiraten! Den Teufel werd' ich thun!«

Herr Ewald Brock nahm den väterlichen Brief und machte eine Papierwurst daraus.

»Na! Na! Na! Bloß nicht so heftig, Du Gewaltsames! Wenn ich Dich recht verstehe, so gedenkst Du ledig zu bleiben?«

»Ich will . . . Ich will . . . Gar nichts will ich!« stöhnte Ewa und er warf die Last seines Leibes auf den Divan, daß sie noch einmal emporschnellte.

»Das versteh' ich nun nicht,« bemerkte Paul recht gelassen. »Du willst nicht heiraten und willst auch nicht ledig bleiben. In diesem Leben ist aber eine andre Situation nicht möglich, wenigstens nicht standesamtlich. Es bleibt eigentlich bloß noch Selbstmord übrig. Du willst doch nicht, Ewa?«

Jetzt schrie aber Herr Brock auf wie weiland Achilleus, als er verwundet war:

»Paul, das sag ich Dir! Wenn Du jetzt nicht ernsthaft wirst, erlebst Du was! Das, hä, das ist frivol! Das gehört sich nicht! Das ist . . . oh!«

Er stand auf und rannte zum Schreibtisch.

»Was willst Du denn thun, Ewald?«

»Wirst Du gleich sehen!«

Und er riß einen Briefbogen aus der Schatulle und schrieb geräuschvoll unter wilden Atemstößen folgenden Brief an seinen Vater:

Lieber Vater!

Ich danke Dir für Deinen Brief. Die letzte Station ist in drei Wochen. Ich denke daß ich sie bestehen werde. Auch den Doktor werd ich machen. Meine Dissertation ist fertig. Ihr Thema lautet: »Über das Phänomen abnormer Knochenbiegsamkeit bei den sogenannten Schlangenmenschen.« Ich habe besondere Gelegenheit zu eingehenden Versuchen auf diesem wenig behandelten Gebiete gehabt. Professor V. hat die Arbeit bereits für eine schätzbare Bereicherung unserer anatomischen Kenntnisse erklärt. Aber Fräulein Petermann heirat ich nicht. Ich heirate überhaupt nicht. Es giebt nur eine Person die ich heiraten würde und das ist dieselbe der ich es zu verdanken habe daß ich mein Examen bestehen kann. Aber diese Person will nicht.

Macht keine Versuche weiter. Das steht fest.

Dein treuer Sohn
Ewald

In seinem Leben hatte Herr Ewald Brock noch niemals so schnell einen Brief geschrieben. Er nahm sich nicht Zeit, ihn noch einmal zu überlesen, sondern kuvertierte ihn hastig, schrieb die Adresse und ging nach seinem Hut.

»Na?« fragte Paul.

»Was denn!?«

»Ich denke, ich sollte *sehen*, was Du schreibst?«

»Ist nicht nötig.«

»Du hast es aber doch vorhin gesagt?«

»Aber jetzt sag ich Dir, es ist nicht nötig!«

»Wenn ich aber doch gerne möchte?«

»Daß Du wieder unpassende Witze machen kannst? Wie?«

»Nein, nein: Paß mal auf, wie ernsthaft ich sein kann.«

»Also: Da!« Und er gab ihr den Brief.

Während sie ihn las, lief er, den grauen Cylinder auf dem Hinterkopfe, die Hände in den Taschen, trotzigen Antlitzes im Zimmer hin und her. Wie ein Junge, der auf Prügel gefaßt ist.

Paul las sehr langsam. Ein paarmal lächelte sie und schielte Herrn Ewald an. Wie sie fertig war, legte sie den Brief auf den Tisch und sagte: »Der reine Telegrammstil, und die Kommas fehlen alle. Aber komisch bist Du, Ewa! Wer sagt Dir denn, daß ich nicht will?«

Ewa blieb wie angepflockt stehn und riß die Augen auf. Dann nahm er seinen Hut, rückte ihn düster in die Stirne und sagte leise: »Du, Paul, ich sage Dir, ich, hä, ich laß mir den Ton jetzt nicht mehr gefallen!«

Da ging Paul auf ihn zu, nahm ihm den Hut ab und streichelte seine dicken Backen: »Soll ich denn noch ernster werden?«

Da merkte Herr Brock, daß sie keine Witze machte. Erst konnte er bloß glotzen. Aber dann packte es ihn, wie wenn mit einem Schusse eine andre Seele in ihn führe, eine heiße, junge, tanzende Seele, und er nahm Paul um die Hüften, hob sie auf und preßte sie in seine Arme und trug sie unbarmherzig drückend im Zimmer herum und sagte nichts als: »Paul! Himmelherrgott, Paul! Nein!? Ja!? Paul! Herrgott, Paul!«

Schließlich, daß sie zu zappeln anfing und zu kneipen, legte er sie auf den Divan nieder, küßte ihr die Hände und legten seinen Kopf mit seligem Gebrumme in ihren Schoß.

Schade, daß er in dieser Lage nicht sehen konnte, was sie für Augen zu allem machte. Es hätte sich wohl verlohnt, diese lachenden, glückoffenen Blicke zu sehen, die zu denen gehörten, wie sie den Menschen für gewöhnlich nur einmal im Leben gegeben werden. Ich möchte nicht gerne in Überschwänglichkeit verfallen, sonst hielte ich Ihnen eine lange Rede über diese Blicke, obwohl sie einer Schlangendame angehörten. Nur soviel möcht' ich mir zu bemerken erlauben, daß es keine Worte giebt, die nur halb so viel zu sagen vermöchten, wie solche Blicke, die, wie mir scheint, das Höchste sind, was die Natur mit dem Menschen vermag.

* *
*

Als Herr Ewald Brock ruhig geworden war, fragte er: »Aber wie ist es denn gekommen, Du, daß Du Deinen Willen geändert hast? Hä?«

»Ich habe meinen Willen nicht geändert, Ewa!«

»Aber Du hast mir doch verboten, zu denken, daß . . .«

»Ja, daß ich von Dir geheiratet sein will, freilich.«

Herr Ewald Brock machte eines seiner verdutztesten Gesichter. Es wurde ihm schon wieder bange.

»Na?« fragte er.

»Aber mein Gutes! Das will doch nicht heißen, daß ich *Dir* verbiete, Dich von mir heiraten zu lassen! Ist das nicht ein kleiner Unterschied, Ewa?«

Ewa brauchte einige Überlegung. Aber schließlich nickte er das Nicken verstehender Menschen.

»Na, siehst Du! Schließlich kommst Du hinter alles. Man muß Dich bloß sanft hinführen. Das ist die ganze Kunst.«

16. Kapitel

Ich glaube, die Situation zu durchschauen

An demselben Tage, an dem, aber nur für fünf Minuten, eine andere Seele in Herrn Ewald Brock gefahren war (Paul meinte, es sein ein Glück, daß sie so schnell von der echten, eigentlichen, aufgesaugt worden sei), wurden noch viele ernste Reden von Paul und Ewa geredet. In der Hauptsache von Paul. Ewa machte es, wie die Baßgeige, wenn die Violine singt. Schrumm-schrumm! Ja – wohl!

Das Resultat war, daß am nächsten Tage jener Brief im Depeschenstil wirklich nach Halle geschickt wurde.

Zwei Tage später erschien Herr Professor Brock bei seinem Sohne. Der war erst erschrocken, denn aus alter Gewohnheit war ihm immer ängstlich in der väterlichen Gegenwart. Als der würdige Vater aber immer und immer wieder von dem unauslöschlichen Danke sprach, den er jener Dame schulde, die seinen Ewald ihm und der bürgerlichen Gesellschaft wieder gewonnen habe, da erfüllte sich die Seele des zaghaften Sohnes mit fröhlichem Mute und lächelnder Zuversicht. Es war freilich ein Glück, daß Paul den plötzlichen Besuch des alten Herrn mit in das Bereich ihrer Dispositionen gezogen hatte, denn sonst wäre es Herrn Brock junior doch schwer gefallen, keine Dummheiten zu machen.

Als nun der Vater Professor sagte: »Und nun führe mich auch hin zu ihr, wenn es angängig ist, Ewald,« da machte Ewald ein harmloses Gesicht und sprach mit einem sanften Lächeln: »Sie ist hier, Papa, nebenan.«

»Wa .. was?!« stieß der erstaunte Erzeuger hervor, dem nicht ganz wohl wurde bei dieser Enthüllung.

Aber der Sohn strahlte mildes Licht in das beklommene Dunkel mit den schlichten Worten: »Es ist meine Wirtin, Papa!«

»Ah so, ah: Die Wirtin! Ganz wohl: Die Wirtin!« wiederholte beruhigt der Vater. »Wo wirst Du mich wohl ohne Weiteres bei ihr anmelden können? . . . Aber nein, vorher sage mir doch: Welcher Art ist die Dame? Wie alt? Wohl eine Witwe?«

»Nein, Papa, es ist keine Witwe. Es ist, hä, eine Pastorstochter aus dem Schlesischen.«

»Ah, eine Pastorstochter! So, so! Da begreife ich den heilsamen Einfluß. Aber sage mir doch: Wie kommt es, daß sie Zimmer vermietet? Verwaist vermutlich und in beschränkten Verhältnissen? Vielleicht könnte man sich da . . .«

»Nein, der Vater lebt noch. Es hat, weißt Du, hä, es hat da ein Zerwürfnis gegeben.«

»Ein Zerwürfnis? Oh! Zwischen Vater und Tochter . . . hm. Wohl wegen Liebessachen, schätz ich . . . ? . .«

»Nein, nicht wegen so was. Hä, weißt Du, Papa, sie ist nämlich eine etwas freigeistig angelegte Natur. Ja. Und der Alte, hä, der Vater, das ist so ein richtiger Orthodoxer, so ein ganz Schwarzer, weißt Du; entsetzlich, hä, borniert und intolerant, so ein, hä, theologischer Gewaltmensch. Ja. Und sie, na ja, hä, sie ist auch wohl ein bißchen, hä, wie soll ich sagen, hä, eigensinnig. Weißt Du: Eigensinnig. Will nicht klein beigeben.«

»Hm! Eine tiefe Natur, wie mir scheint. Selten das bei Frauen, daß sie wegen geistiger Fragen so viel aufs Spiel setzen! So viel! Es muß ein besonderes Mädchen sein.«

»Ja, es ist ein, hä, sehr besonderes Mädchen, Papa.«

»Höre mal, Ewald, . . . sie ist wohl, hm, wie soll ich doch sagen: Sie ist wohl nicht sehr weiblich . . ? . .«

»Oh doch, Papa, sie ist *sehr* weiblich!«

»Ja, ja wohl: Unzweifelhaft; indessen, ich meine: Es fehlt ihr wohl an jener gewissen mädchenhaften . . . ich will sagen: Sie ist wohl nicht sehr mit äußerliche Reizen . . . Ja, richtig, was ich schon frug: Wie alt ist sie denn?«

»Ich denke: So an die fünfundzwanzig. Aber sie sieht eigentlich, hä, jünger aus, jünger. Man könnte sie auf zweiundzwanzig schätzen. Ja. Sie ist übrigens sehr hübsch . . .«

»Sehr hübsch! Hm! Das ist doch höchst sonderbar! Ich hätte nicht gedacht, daß sie hübsch wäre.«

Pause. Der Professor schwang denkend das Haupt. Herr Ewald sah auf den Teppich nieder, und es war ihm, als sähe er im roten Lichte der Ampel Pauls blonde Fülle auf und niedergehn. Er lächelte.

Da brach der Vater Professor in seine freundliche Phantasie ein mit den Worten: »Sag' mal, Ewald, was ich noch wissen möchte: Hast Du bloß aus dem sehr begreiflichen Dankbarkeitsgefühle für dieses außerordentliche Mädchen daran gedacht, sie zur Frau nehmen zu wollen, oder sprechen da noch andere, hm, Gefühle mit?«

Herr Ewald wurde rot. Thatsächlich rot, wie es manchmal junge Mädchen werden. Und er antwortete mit schöner Schüchternheit: »Wie ich Dir schon schrieb, Papa, ich möchte keine andere Frau.«

Herr Brock senior reichte seinem Sohne die Hand. »Ich verstehe Dich, Ewald.« Dann sagte er mit dem Tone einer gewissen gelinden Ärgerlichkeit: »Aber, mein Gott, warum will sie denn nicht? Sie hat doch ein so schönes *geistiges* Interesse an Dir genommen? Es muß wahrhaftig ein *ganz* seltenes Mädchen sein.«

»Das ist ja eben, Papa. Sie ist ein *so sehr* seltenes Mädchen.«

Jetzt fing die Unterhaltung aber an, schwierig für ihn zu werden.

»Sage mal, Ewald, hast Du Dich, hm, hast Du Dich ihr *erklärt?*«

»Hä, ja, so nicht eigentlich, weißt Du, direkt.«

»Ich verstehe. Als Aftermieter hätte sich das wohl nicht so recht geschickt. Du hast recht daran gethan, Ewald, Dir Zurückhaltung aufzuerlegen. Indessen, nicht wahr: *Sie hat bemerkt*, obwohl Du nur andeutungsweise gewagt hast, ihr Deine Gefühle zu zeigen, und das hat schon genügt, sie in ihrem Zartgefühle zu verletzen. . .«

Herr Ewald neigte einigemale sein Haupt.

Der Vater Professor stand auf, so, wie ein Denker wohl aufsteht, wenn er einen Gedanken ersessen hat, tippte seinem Sohne auf das

Vorhemd und sprach: »Ewald, ich gebe noch nicht jede Hoffnung auf. Ich glaube, die Situation zu durchschauen. Es wäre wohl möglich, daß ich hier, wenn ich es mit gemessenem Takt und rücksichtsvoller aber zielbewußter Geschicklichkeit anfasse, günstig zu vermitteln geeignet wäre. Laß mich nur machen, Ewald! Ich habe die besten Hoffnungen!«

17. Kapitel

Herr Professor Brock war einigermaßen erstaunt, wie er Fräulein Mathilde Holunder sah. So hatte er sich die Pfarrerstochter aus dem Schlesischen in der That nicht vorgestellt. Er hatte was Strengeres erwartet, so im Gesichte wie in der Figur. Ein weiblicher Freigeist, der seiner Gesinnung die Kindesliebe, das traute väterliche Heim zum Opfer gebracht hatte, der, so hatte sich der Professor der Weltgeschichte aus Halle gedacht, müßte etwas Antigonehaftes haben. Auch an Hypatia, die Tochter des Theon in Alexandria, hatte er gedacht, die ihren Anbetern die bewußten rotmelierten Läppchen schickte mit dem Satze: Id quidem amas. Und nun saß diese niedliche Blondine vor ihm, mit den runden roten Backen, der etwas nach oben lächelnden kleinen Nase, den braunen, gar nicht grüblerischen Augen und diesen unphilosophisch runden, festen und man möchte wohl sagen: üppigen Formen. Wie doch das Äußere täuschen kann, dachte der Herr Professor. Daß dieser kleine, wie es schien nur zum Lächeln bestimmte Mund begabt sein sollte, über theologische Streitfragen zu disputieren! Die Garderobe, freilich, die verriet schon eher Sinn für das Weltabgewandte. So vorgestrig kleideten sich selbst die Pastorstöchter in Halle nicht.

Und der Geschichtsforscher wandte sein inneres Auge von Paul auf Ewald und dachte. »Ah,« dachte er sich, wie er diese viel zu kurzen Ärmel (Paul hatte mit arger List das Kleid gewählt, in dem sie einstens durchgebrannt war) »das ist es, das ihr meinen Ewald unsympathisch macht: Dieser weltliche Sinn für helle, karierte Jackets und graue Cylinderhüte, diese thörichte und unziemliche Neigung für grelle Cravatten und ungebührlich hohe Stehkragen.«

Es bedurfte Pauls ganzer liebenswürdiger Natürlichkeit, den Professor aus seiner feierlichen Dankesbefangenheit in eine freie Gesprächsstimmung zu bringen, in der er, so weit es ihm überhaupt möglich war, frisch von der Leber weg sprach.

»Wie haben Sie es nur, mein liebes Fräulein,« fragte er, »fertig gebracht, meinen Ewald auf die rechte Bahn zu führen!? Er war doch, nicht wahr, beklagenswert prinzipienlos, wie er in Ihre Hände kam.«

»Ihr Herr Sohn war,« erwiderte Paul in einem sanft gesalbten Gouvernantentone, »in der That ein wenig haltlos, als er bei mir mietete. Es fehlte ihm jeder Sinn für das Systematische, jeder Zieltrieb, möchte ich wohl sagen.«

»Sie haben da die richtige Kennzeichnung seiner Fehler gegeben, mein Fräulein. Oh, die Systemlosigkeit! Ja! Und der mangelnde Zieltrieb! Aber: Mit welchen Mitteln haben Sie es nur vermocht, diese fehlenden ihm einzupflanzen?«

Und Paul mit holder Bescheidenheit, niedergeschlagenen Auges, lind wie eine gute Amme: »es war nicht so schwer, Herr Professor. Ihr Herr Sohn, Sie wissen es selbst, ist nicht schlecht. Er ist nur schwach. Wo er freundliches Interesse spürt, entwickelt er Erkenntlichkeit. Und wenn man nur unermüdlich ist in Aufmunterung, Fürsorge, Zuspruch und Bitte, so bringt er es nicht leicht übers Herz, das Gegenteil von dem zu thun, was sorgliche Anteilnahme ihm empfiehlt. Nur Geduld und Sanftmut ist vonnöten. Daran und an dem freundlichen Hinweise auf das, was seine Familie von ihm zu fordern berechtigt und er als guter Sohn zu leisten verpflichtet ist, habe ich es nicht fehlen lassen. Das ist Alles, Herr Professor!«

»O, mein liebes Fräulein, das ist viel! Aber dennoch, ich glaube, dennoch würde es nicht genügend gewesen sein, wenn nicht das freundliche Geschick es gewollt hätte, daß mein Sohn, ja, wie soll ich es nur sagen, ohne Ihr Zartgefühl zu verletzen, mein liebes Fräulein, daß mein Sohn mit *besonderer* Empfänglichkeit gerade für die sorgliche, ratende Güte *Ihrer*seits ausgestattet war, mit einer Empfänglichkeit, die, wie ich bemerkt zu haben glaube, ihre Wurzeln in einem sehr, hm, lebhaften Gefühle seinerseits für die wertvollen und, hm, ja, und anmutigen Eigenschaften Ihres Wesens hat.«

Die Hervorbringung dieses vielgliederigen Satzwurmes, der seinem Munde keineswegs glatt, sondern wie in angstvoll erschöpften Zuckungen entkam, bereitete Herrn Brock senior nicht geringe Schwierigkeiten und Fräulein Holunder viel Vergnügen. Es war ihr nicht leicht, dieses Vergnügen zu verbergen, aber es gelang ihr. Sie fand sogar die Kraft, zu erwidern wie folgt: »Wenn ich Sie recht verstehe, Herr Professor, so wollen Sie sagen, daß Ihr Herr Sohn eine Art brüderlicher Zuneigung für mich empfindet. Sie thun meinem Zartgefühl nicht weh damit, ich bin dieser Zuneigung froh und erwidere sie von Herzen.«

Herr Brock senior fühlte, daß die Entscheidung nahe herbeigekommen war. Jetzt oder nie, dachte er sich und stürzte sich voll Mut und Entschlossenheit in den Strudel des folgenden Satzes: »Mein liebes Fräulein, verzeihen Sie es mir als dem Vater Ewalds, wenn ich Ihnen widerspreche.« (Das war nur das Sprungbrett.) »Jene Empfindungen meines Sohnes, auf die zu deuten ich mir erlaubt habe, nicht ohne vorher reiflich mit mir zu Rate gegangen zu sein, diese Empfindungen sind, ich bitte Sie, mich ohne, verzeihen Sie: ohne jene mir wohlbegreifliche mädchenhafte Scheu anzuhören, die ich als schönes Zeichen echter Weiblichkeit hochschätze, die aber . . . . . ja: diese Scheu muß in gewissen Verhältnissen . . . . . indessen: ich wollte mich eigentlich, obwohl der Gegenstand es erfordert . . . . kurz, liebes Fräulein: Diese Empfindungen meines Sohnes, von denen ich außerdem nur sagen möchte, daß ich sie verstehe und daß ich mich von Herzen darüber freue, ja, wahrhaftig recht von Herzen freue, liebes Fräulein –: Diese Empfindungen sind *nicht* brüderlicher Natur!«

Gottlob, dachte sich Paul, jetzt hat er's überstanden, der arme liebe alte Herr. Ich fiele ihm weiß Gott gerne um den Hals und machte ein Ende. Aber er wünscht nun mal mädchenhafte Scheu. Also muß er noch ein bißl zappeln.

Und sie sprach, indem sie das Lachen, das in ihren Augen war, durch ein in vielen Lebenslagen des Weibes probates Senken des Kopfes verbarg: »Auch dieses Empfindungen, Herr Professor, ehren mich, und sie ehren mich doppelt, wenn sie von Ihnen gutgeheißen werden, indessen . . .«

Sie schwieg. Es war die raffinierteste Kunstpause, die je gemacht worden ist.

Der Professor aber fing das Indessen mit dialektisch geübtem Munde, so wie ein gelehrter Pudel den Brodhappen fängt, nicht minder kunstreich auf und hing daran folgende Wortschnur: »Kein Indessen, liebes Fräulein, kein Indessen! Ach, ich weiß ja, was meinem Ewald noch fehlt. Glauben Sie mir, mein liebes Fräulein, auch ich betrachte es mit Mißfallen, wie er leeren und lächerlichen Äußerlichkeiten einen Wert beimißt, dessen völlige Grundlosigkeit uns beiden, Ihnen und mir, gleich klar ist. Diese auffallend gefärbten hohen Hüte! Diese eines ernsten Mannes unwürdigen Halsbinden! Diese eher grotesken als schönen kurzen Röcke! Es ist klar, daß alles dies ein stilles Wesen wie das Ihre abstoßen muß, ein Wesen, das, ein seltener Fall bei Damen Ihres Alters, allem Äußerlichen abhold ist und in die Tiefen des Innerlichen forscht. Aber, liebes Fräulein, die Liebe, – seien Sie nicht böse über dieses Wort –, die Liebe wird ihn Ihnen ähnlich machen, – so weit es geht –, und Ihre sanftmütige Geduld wird es vermögen, daß Ewald auch diese Dinge ablegt, die doch nur die gewissermaßen petrefakten Reste seiner früheren, nun gottlob überwundenen nichtigen Lebensanschauungen sind.«

Paul konnte sich kaum halten. Heiliger Himmel, wenn der Professor jetzt den Kleiderschrank aufmachte und ihre schwarzseidenen Unterhosen sähe, mit den gelben Spitzen, oder gar, Gott sei mir armem Sünder gnädig, die fleischfarbigen Trikots! Ob er wohl am Leben bliebe?

Die Komödie, die sie da aufführen mußte, war ihr aber eigentlich nicht mehr amüsant. Es fiel ihr wahrhaftig schwer, diesen gläubigen Herrgottskäfer von einem Professor, diesen liebsorglichen, drollig guten Papa so schnöde anzumimen. Aber es giebt nun mal Papas, die durchaus beschwindelt werden müssen, wenn sie nicht Malheur anrichten sollen. Hilft nix! Weiter im Text:

»Ach, Herr Professor, nicht dieses eigentlich ist es. Wenn ich es Ihnen . . . gestehe, wenn ich Ihre gütige Offenheit mit . . . mit . . . – wenn ich es vor Ihnen als dem Vater mei . . . dem Vater des Herrn Ewald aussprechen darf . . . ach, Herr Professor, es ziemt sich wohl nicht . . .«

»Sprechen Sie, liebes Fräulein! Sprechen Sie! Oder nein! Sprechen Sie nicht! Ich weiß nun, oh, ich weiß, ach Gott, und ich freue mich ja so, ich bin ja ganz glücklich, daß Sie . . . Ich danke Ihnen! Es ist, ja ein Segen! Ich danke Ihnen!«

Jetzt war für Paul der schwierige Augenblick gekommen.

Der eine alte Herr war gewonnen, nun galt es, den andern aus Sehweite zu rücken, zu verhüten, daß Schwiegervater zu Schwiegervater eilte. Der alte Herr in Freienberge, das wußte sie, der würde in seinem Lutherzorne alles hinausgezetert haben, was geeignet gewesen wäre, in Halle unangenehme Sensationen zu erregen. Gottlob, daß sie alt genug war, seinen Ehekonsens nicht mehr zu brauchen. Und da sie auf seinen Segen, schlimm genug für *ihn*, doch nicht rechnen konnte, so sollte er nur recht weit aus dem Rahmen bleiben. Wie das aber dem guten Professor beibringen?

Paul that's mit einer gewissen melancholischen Eleganz. Sie malte mit beweglichen Worten die grimmige Orthodoxie des unbeugsamen Kanzelmannes, und sie erzählte, wie es ganz unmöglich sei, ihn ihr jemals wieder freundlich zu stimmen, denn er würde von ihr den Abschwur ihrer heiligsten Überzeugungen, also das Unmögliche verlangen. Und auch, wenn sie es Ewald zu Liebe thäte, was aber ein allzu schmerzliches Opfer für sie wäre, so würde doch des Zwistes kein Ende sein. Nein, sie könne Ewald nur dann zum Manne nehmen, wenn seitens seiner Familie jeder Versuch zu einem Verhältnis mit der ihren unterlassen würde.

Herr Brock senior war zwar betrübt über diese Notwendigkeit, aber er erklärte, nachdem er sie von allen Seiten rednerisch beleuchtet hatte, sie einzusehen, und er schloß die letzte seiner Reden über diesen Punkt mit den Worten: »Gebe nun Gott, meine liebe Tochter, Gott, den auch Ihre freieren religiösen Anschauungen gewiß nicht leugnen wollen, daß Sie an der Seite meines Ewald das Familienglück finden mögen, das Ihnen im Vaterhause leider versagt war.«

Bei dieser Gelegenheit wurde Paul zum erstenmale in ihrem Leben auf die Stirn geküßt.

Der Kuß ging ihr durch und durch.

In meinem Leben spiel ich nie wieder so eine Komödie, gelobte sie sich. Man kommt sich ganz infam vor, wenn man so einem guten alten Würdenträger was vormachen muß.

Zu Herrn Ewald aber sagte sie: »Weißt Du, Dickes, das bist Du wirklich nicht wert, was ich heute für Dich geleistet habe. Alles andre war schließlich ganz angenehm. Aber das war eklig.«

»Gott,« sagte Herr Ewald, »ich habe mit all meiner Ehrlichkeit dem alten Herrn noch nicht halbsoviel Freude gemacht, wie Du mit Deiner Komödie.«

18. Kapitel

Jetzt kamen triste Tage für Paul und Ewa.

Die Moral, noch nicht zufrieden damit, daß ihr jene Möbelhekatombe gebracht worden war, verlangte, unbescheiden, wie sie ist, nochmal ein Opfer.

Sie sprach: Nachdem ihr endlich die goldene Leiter zur Wohlanständigkeit beschritten habt, indem ihr in die Reihe der staatlich akkreditierten Paarungs-Candidaten eingetreten seid, die in der Saale-Zeitung und dem Leipziger Tageblatt als Verlobte verkündet worden sind, ist es fürder nicht mehr angängig, daß ihr eure Möbelehe weiterführt. Nicht eher schütze euch dasselbe Dach, ehe ihr durch die Vermittelung des Herrn Pastors Petermann mit dem Himmel und durch die Vermittelung des Standesbeamten Schulze mit dem Staate einig geworden seid, hinfüro in *ihrem* Schutze als approbierte Ehemenschen miteinander zu leben. Hat euch dann der goldene Ring zu würdigen Gefäßen christstaatlicher Eheliebe vorschriftsmäßig geaicht, so will auch ich nichts mehr dagegen haben. Was ihr gethan habt, soll dann vergessen, und was ihr thun werdet, soll mir gleichgültig sein. Aber bis dahin achtet, bitte, auf die Reglements!

Also sprach die Moral.

Und Fräulein Mathilde Holunder fuhr gen Halle, ihre Brautzeit im Hause der zukünftigen Schwiegermutter zu verleben. Man nahm sie herzlich und mit Liebe auf, und zum Danke entzückte sie Alles, was in ihre Nähe kam. Sogar Fräulein Petermann. Aber wohl fühlte sie sich gar nicht.

Jeden Tag schrieb sie an Ewa einen Brief des Inhalts: Mach, daß Du fertig wirst, mein Dickes. Denn wenn Du noch lange brauchst, so stehe ich nicht gut dafür, daß ich plötzlich mal in eurer guten

Stube lostanze, und wenn gleich Petermanns da sind. Und halt's wahrhaftig auf die Dauer nicht aus. Schrecklich gut sind Deine Leute, und ich habe sie gerne. Aber ledern sind sie auch. Und der ganze Leib thut mir weh, wenn ich nicht tanzen kann.

Jetzt erst versteh ich meinen Béranger:

> Dieu donna l'air, la terre et l'onde,
> Dit le merle, aux seuls animaux,
> Nous y vivions exempts de maux,
> Mais chaque race trop féconde
> Poussa tant et tant de rameaux,
> Qu'on étouffa dans ce bas monde.
>
> > Ils sautaient,
> > S'ébattaient,
> > Coquettaient
> > Et chantaient,
> > Chantaient,
> > Chantaient.

Nach dieser Strophe scheint es, daß Béranger auch mal in Halle gewesen ist. Laß sie Dir von Stilpe'n übersetzen, aber mach, mach, mach!

Dein Paul.

Herr Ewald Brock aber hegte selber das dringende Verlangen nach möglichster Abkürzung dieser tristen Epoche, und er setzte mit einem raschen Sprunge heilen Leibes über die letzte Station weg, holte sich, wie der Knabe auf dem Carousselpferde das Stechringel, mit geschickter Hand das Diplom eines Doktors der Medizin und fuhr in aller Gelehrsamkeit und Freude nach Halle.

19. Kapitel

Wie Bildung und Erziehung den Menschen ziert

Es thut mir leid: Die Geschichte von Herrn Ewald Brock und Fräulein Mathilde Holunder geht ihrem Ende entgegen.

Wäre ich nicht der exakte Mann mit dem Thatsächlichkeitsrespekte, den die realistischen Zeitläufte großgesäugt haben, – ich hoffe, Leser und Leserin danken es ihnen –; wäre ich einer von jenen prinzipienlosen Fabulisten, die sich nicht entblöden, die Spannung des Lesers durch emsig herbeigelogene Hindernisse, Intriguen, Zufälle, Beinbrüche, falsche Testamente, aufgefundene Taufscheine, und Gott weiß was noch für jammervolle Schwindelbehelfe grausam und systematisch zu steigern, (ich hoffe, Sie merken, wie wütend ich bin) so wäre mir es, bah, ein Leichtes, so vieles und erstaunliches Zeug zu erfinden, daß Ihnen Hören und Sehen vergehen sollte, ja, ich will es gar nicht für ausgeschlossen erklären, daß ich dieser wahren Geschichte am Ende einen tragischen Trichter voll gräßlich siedenden Öles furchtbarer Vergeltung überstülpen könnte.

Ich könnte z. B. den unglückseligen Vater der heuchlerischen Schlangendame am Hochzeitsaltar erscheinen und mit Donnertone rufen lassen: »Halt ein, Verworfene! Nimm erst den Fluch Deines Erzeugers!« Das wäre gewiß ein aufregendes Ereignis, und es würde mir das Lob der Gutgesinnten einbringen, die da mit Recht wünschen, daß die Tugend belohnt und das Laster bestraft werde.

Ich könnte aber auch anderen berechtigten Wünschen entgegenkommen. Ich könnte jenen Impresario auftauchen lassen. Jenen Impresario, Sie erinnern sich, mit dem Paul in Paris, London, Brüssel gewesen ist. Wer weiß, was das für ein sauberer Impresario war! Der Teufel traue einer Schlangendame! Beim heiligen Tovote, das könnte vielleicht Sekt auf die Mühle derer geben, die mit Recht wünschen, daß eine Schlangendame pikante Erlebnisse gehabt ha-

be. Wer weiß, ob ich nicht die schätzbare Unterstützung des Staats-
anwaltes gewönne, wenn ich z. B. den Impresario sprechen, nein,
hauchen ließe: »Erinnerst Du Dich noch, Pauline, wie wir zusammen im Walde von Fontainebleau waren, – Du hattest Dein rotsei-
denes Corsett an, und es war der erste Mai?! . . .«

Ich verschmähe alles dieses, denn ich verachte die Künste, die
nichts mit der Wahrheit zu thun haben. Ich lehne den Eichenlaub-
kranz der Tragik eben so stolz bescheiden ab, wie den Lorbeerkranz
der Pikanterie und sage einfach: Sie kriegten sich.

Ihre Hochzeitsreise machten sie nach Ostende. Haksche-baksche,
sagte Herr Ewald Brock, wie er das Meer sah.

Aber in Mecklenburg-Strelitz ließen sie sich als praktische Arz-
tens-Eheleute nieder.

Kein Mensch in dem traulichen Städtchen, in dem sie heiter und
zufrieden leben, hat eine Ahnung davon, daß Frau Doktor Brock
dereinst geschlangendamt und Tänze getanzt hat, die keine Walzer
sind, und Frau Amtsrichter Stüdteke sowohl wie Frau Pastor Hö-
semann bedauern es sehr, daß sie sich so selten machte, die liebe,
nette, bescheidene Frau Doktor, der man es doch einmal ansähe,
wie Bildung und Erziehung einen Menschen ziert.

Vielleicht befürchten Sie, daß Brocks sich da oben langweilen?

I Gott bewahre!

Herrn Ewald macht es Spaß, herumzuheilen in Stadt und Land,
und erst wenn er sich rechtschaffen abstrapaziert hat, macht es ihm
das volle Vergnügen, mit dem Nargileh im Munde auf dem Divan
zu liegen und mir stetig sich steigernder Kennerschaft zu betrach-
ten, was Sie, wenn's beliebt, im neunten Kapitel dieser wahren Geschichte nochmals nachlesen können.

Über tredition

Eigenes Buch veröffentlichen

tredition wurde 2006 in Hamburg gegründet und hat seither mehrere tausend Buchtitel veröffentlicht. Autoren veröffentlichen in wenigen leichten Schritten gedruckte Bücher, e-Books und audioBooks. tredition hat das Ziel, die beste und fairste Veröffentlichungsmöglichkeit für Autoren zu bieten.

tredition wurde mit der Erkenntnis gegründet, dass nur etwa jedes 200. bei Verlagen eingereichte Manuskript veröffentlicht wird. Dabei hat jedes Buch seinen Markt, also seine Leser. tredition sorgt dafür, dass für jedes Buch die Leserschaft auch erreicht wird.

Im einzigartigen Literatur-Netzwerk von tredition bieten zahlreiche Literatur-Partner (das sind Lektoren, Übersetzer, Hörbuchsprecher und Illustratoren) ihre Dienstleistung an, um Manuskripte zu verbessern oder die Vielfalt zu erhöhen. Autoren vereinbaren direkt mit den Literatur-Partnern die Konditionen ihrer Zusammenarbeit und partizipieren gemeinsam am Erfolg des Buches.

Das gesamte Verlagsprogramm von tredition ist bei allen stationären Buchhandlungen und Online-Buchhändlern wie z. B. Amazon erhältlich. e-Books stehen bei den führenden Online-Portalen (z. B. iBookstore von Apple oder Kindle von Amazon) zum Verkauf.

Einfach leicht ein Buch veröffentlichen: **www.tredition.de**

Eigene Buchreihe oder eigenen Verlag gründen

Seit 2009 bietet tredition sein Verlagskonzept auch als sogenanntes "White-Label" an. Das bedeutet, dass andere Unternehmen, Institutionen und Personen risikofrei und unkompliziert selbst zum Herausgeber von Büchern und Buchreihen unter eigener Marke werden können. tredition übernimmt dabei das komplette Herstellungs- und Distributionsrisiko.

Zahlreiche Zeitschriften-, Zeitungs- und Buchverlage, Universitäten, Forschungseinrichtungen u.v.m. nutzen diese Dienstleistung von tredition, um unter eigener Marke ohne Risiko Bücher zu verlegen.

Alle Informationen im Internet: **www.tredition.de/fuer-verlage**

tredition wurde mit mehreren Innovationspreisen ausgezeichnet, u. a. mit dem Webfuture Award und dem Innovationspreis der Buch Digitale.

tredition ist Mitglied im Börsenverein des Deutschen Buchhandels.

Dieses Werk elektronisch lesen

Dieses Werk ist Teil der Gutenberg-DE Edition DVD. Diese enthält das komplette Archiv des Projekt Gutenberg-DE. Die DVD ist im Internet erhältlich auf **http://gutenbergshop.abc.de**